하루를 살아도
당당하게

하루를 살아도
당당하게

넥케북스

시작하기 전에

우리나라 사람들의 평균연령은 80세이다. 그런데 이 연령은 그야말로 '평균' 연령일 뿐이다. 평균연령의 집계에는 다섯 살 전에 병에 걸려 사망한 아기나 사고사한 20대 젊은이들까지 다 포함되어 있다.

그렇다면 병이나 사고 없이 '늙어서 죽는' 사람들은 평균 몇 살까지 살 수 있을까? 이미 그 연령은 90세를 넘겨 100세 가까이에 이르고 있다. 물론 아직도 인간의 수명은 계속 늘어나고 있다. 내가 90세 될 때쯤이면 늙어 죽는 사람의 나이가 정말 100세를 넘어 110세에 이르게 될지 모른다. 110세까지 천수를 누린다고 가정하면 50세는 인생의 반도 못 산 나이가 된다.

생물학적 수명은 급속도로 연장되고 있는데 사회학적 수명은 그 속도를 따라가지 못한다. 지금도 90세가 넘도록 사는데 정년퇴직 나이는 60세를 간신히 넘기고 있다. 110세까지 산다면 정년퇴직한 후 50년 동안 무엇을 하고 무엇을 먹고 산단 말인가.

이런 생각을 하면 50대가 더 이상 '하던 일을 내려놓고 쉴 것을 연구하는 나이'가 될 수 없다. 50대는 살아온 날보다 더 긴, 살아갈 날을 위한 철저한 준비를 해야 하는 나이, 혹은 미리 준비한 새로운 삶을 과감히 시작하는 나이가 되어야 한다.

이제 인생 이모작, 삼모작이 필요하다. 소년기부터 준비했던 일에서 은퇴한 후 새롭게 또 다른 인생을 시작해야 한다. 그런데 50대 이후에 시작되는 새 인생은 이전의 삶과는 뭔가 달라야 한다. 건강이나 인간관계 등 많은 여건이 이전과는 크게 다르기 때문이다. 이 책은 50대에 뭔가를 새롭게 시작하려는 사람들에게 주는, 이제와는 다른 삶에 대한 이야기이다.

나는 50~60대 연령층이 앞으로 남은 삶도 가슴을 쭉 펴고 당당하게 살기 바란다. 그래서 더 많은 노력과 더 많이 준비하기를 주문한다. 혹시 이 책을 읽은 독자 중에는 내가 너무 자신을 세우는 것에 집중하는 것 아닌가 생각하는 분도 있을 것이다. 하지만 내가 만나 본 50~60대 중에는 아직도 뭔가를 펼치고 싶고 인정받고 싶은 열망을 가진 사람이 많았다. 그래서 나의 생각에 공감하는 독자가 많을 것이라 기대한다.

50~60대가 삶을 영위해나가는 데 가장 중요한 것은 자존감을 지키는 것이다. 이제까지보다 자존감은 무척 낮아지고 존재감에 대한 위기까지 느껴지는 때이기 때문이다. 50~60대란 나이는 자기를 감추고 조용히 구석에 묻혀 살기에는 너무도 젊다. 또 남은 인생이 길다. 이 위기의 시기를 상처받지 않고 견뎌내려면, 더 적극적으로 보람을 찾으려면 가장 먼저 자존감을 챙겨야 한다. 그래서 나는 이 책에서 50~60대가 당당하게 자존감을 지키는 방법을 경험과 사례를 통해 강조하고 있다.

자존감을 지키기 위해 가장 먼저 필요한 것은 기타 등등의 부질없는 것은 다 털어버리려는 노력이다. 겉모습을 치장하던 것을 다 버리고 자기 안에 무게를 두어 중심을 잡는 삶이야말로 50대 이후의 삶을 공허하지 않도록 가득 채워줄 것이기 때문이다.

부족한 원고를 책으로 펴내주신 니케북스의 이혜경 사장님과 관계자들께 감사의 인사를 드린다. 누구보다 나를 변함없이 성원해주는 남편 윤상구와 외동이 딸 윤해인에게 깊은 감사의 인사를 전한다.

2017년 4월

황인희

차례

2 찬란하고 화려한 나의 여름

3 풍성한 가을을 위한 성찰

4 겨울은 봄의 시작

1

다시 봄이다

자존감 다이어트

나는 태어날 때부터 우량아였다. 일생 '말랐다', '날씬하다'라는 얘기를 들어본 적이 없다. 심지어 학교 다닐 때의 별명은 '돼지'였다. 그래도 난 그 별명을 싫어하지도 않았다. "외모는 별로 중요하지 않아"라는 주장을 꿋꿋하게 펼치기도 했다.

통통하다가 뚱뚱한 것으로 바뀐 때는 아기를 낳은 후부터이다. 임신 중 불어난 살은 아기만 낳으면 고스란히 다 빠지는 줄 알았다. 그런데 출산 직후 몸무게를 재보니 3.6킬로그램, 꼭 아기 몸무게만 줄었다. 산후 조리를 마칠 때면 임신 전 몸무게로 돌아가려니 생각했다. 하지만 몸무

게는 줄어들 줄을 몰랐다. 여러 가지 사정으로 모유 수유도 안 했으니 몸무게가 줄 이유가 없었다.

뿐만 아니었다. 거기에 몇 년에 한 번씩 한꺼번에 3~4킬로그램씩 더 살이 올랐다. 그렇게 25년 동안 88사이즈도 아슬아슬하게 맞는 뚱뚱한 아줌마로 살았다. 한 시간 반씩 만원 전철에 시달려 출퇴근하고 한 달에 반은 야근을 하는 회사에 다녔어도 살은 절대 빠지지 않았다. 노동으로 운동을 대체할 수 없다는 게 정말 맞는 얘기였다. 원래 저혈압이었는데 나이가 들면서 혈압이 조금씩 올라가는 추세이니 죽기 살기로 살부터 빼라는 의사의 조언도 들었다. 그러나 그냥 대충 살았다.

그러다가 더 늦기 전에 살을 빼야겠다고 생각하게 된 계기가 생겼다. 50대 초반 경복궁에서 평지낙상을 하여 골절상을 입은 후였다. 처음 다쳤을 때는 별다른 생각이 없었다. 뼈가 부러져 여러 가지 불편함을 겪는 것에 정신 팔려 다른 생각을 할 수가 없었다.

그런데 다음 해 뼈를 고정한 나사를 뽑는 수술을 앞두고 의사가 난감해하는 모습을 보고 생각을 달리 하게 되었다. 살다보면 촌각을 다투는 급한 수술을 받아야 할 일이 생길 수 있다. 그런데 그런 상황에서 혈당이나 혈압이 높으면

감염의 우려가 있어 응급 수술받는 데 문제가 생긴다. 느닷없는 사고를 다 막을 수는 없지만 최소한 혈당이나 혈압 정도는 정상치를 유지하며 살아야겠다고 마음먹게 되었다. 그러기 위해서는 살을 빼는 게 가장 우선적인 과제였다.

아무튼 석 달 만에 8킬로그램을 감량하고 1년 만에 4킬로그램을 더 빼서 총 12킬로그램을 줄였다. 6개월 만에 20~30킬로그램씩 줄이는 사람들에 비하면 아무것도 아니다. 하지만 30년 동안 꿈쩍 않던, 아니 위쪽으로만 움직이던 체중계의 바늘을 12킬로그램이나 아래로 끌어내렸다는 건 쉽지 않은 일이었다. 더 이상은 남자 옷 코너를 기웃거리지 않아도 되는 넉넉한 66사이즈의 체구가 되었다.

사실 나라고 그동안 뚱뚱하게 사는 게 아무렇지 않았겠는가? 노력해도 안 되니 그냥 괜찮은 척하고 살았을 뿐이다. 실제로 30년 동안 안 해본 다이어트가 없다. 고단백 저열량식으로 챙겨 먹는 덴마크 다이어트, 과일이든 뭐든 한 가지 음식만 먹고 견디는 원 푸드 다이어트, 효소를 물에 타서 그것만 마시고 사는 효소 다이어트, 고기만 먹고사는 황제 다이어트, 배고플 때 풍선을 부는 풍선 다이어트, 하루는 과일만 먹고 다음 날은 채소를 실컷 먹는 회전식 다이어트, 이뇨 효과가 있는 동규자 차를 마시는 차 다이어

트, 밥이나 빵 섭취를 줄이는 탄수화물 억제 다이어트, 식초를 물에 타 마시는 식초 다이어트, 식초에 절인 콩을 먹는 초콩 다이어트, 다시마만을 반찬 삼아 먹는 다시마 다이어트, 침대 같은 데 가만히 누워 있으면 기계가 내 몸을 움직여주는 값이 비싼 운동 다이어트. 내가 해본 다이어트만도 그 수를 세려면 숨이 찰 지경이다.

정말 세상 거의 모든 다이어트를 다 경험해봤다. 대부분의 사람은 다이어트를 어떻게 할 것인가에 대해 마른 사람에게 물어본다. 하지만 마른 사람들은 다이어트에 대해 잘 모른다. 오히려 나처럼 뚱뚱한 사람들이 다이어트에 대한 일가견을 가지고 있다. 나만 해도 30년 동안, 아니 그 이전부터 수없이 많은 시도와 실패를 되풀이했기 때문에 각종 다이어트에 대한 정보를 거의 다 가지고 있다.

중요한 것은 다이어트에 실패만 하던 내가 짧은 기간에 12킬로그램이나 몸무게를 줄였다는 것이다. 그 비결을 이제 공개할까 한다. 나는 내가 성공한 다이어트, 내 생애 마지막 다이어트 방법에 '자존감 다이어트'라는 이름을 붙였다. 말 그대로 나 스스로 내 몸을 소중히 여기는 것이다. 그러면 건강에 별 도움은 안 되면서 열량만 높은 음식인 튀김이나 패스트푸드, 인스턴트식품을 자연히 멀리하게 된

다. 맵고 짠, 자극적인 음식도 피하게 된다. 그런 음식을 보면 "아, 저런 쓰레기 음식으로 소중한 내 몸을 망칠 수 없지, 또 저런 해로운 식품으로 내 몸을 혹사할 수 없지"라는 생각이 든다. 게다가 늦은 시간에 뭔가를 먹고 싶은 유혹이 생기지 않는다. 밤 동안 소중한 내 몸 구석구석을 정비할 에너지를 소화에 허비하게 된다는 것을 알기 때문이다.

먹고 싶은 것을 억지로 참아서는 절식할 수 없다. 먹을 수 없다는 생각이 오히려 식욕 중추를 자극하여 더 배고파진다. 무슨 일이든 억지로 하는 것은 어렵다. 내 뜻에 따라 자발적으로 해야 어려운 일도 쉽게 해낼 수 있다. 우선 절식을 한 후 운동도 열심히 해야 한다. 아무리 조금 들어와도 나가는 것이 없으면 몸에 남는 것이 생긴다.

돌이켜보면 30년 동안 몸무게가 조금씩 더 늘어난 시기는 내가 자포자기에 빠져 있을 때였다. 다니던 회사가 부도 위기에 처했을 때나 새로운 사업을 시작하기 위해 연일 밤늦게까지 일해야 했을 때 등 정신적으로나 육체적으로 너무 힘들 때 내 몸 돌보기를 포기한 것이다. 그리고 그 스트레스를 먹는 것으로 풀었다. 스트레스를 먹는 것으로 푸는 행위는 내 몸을 쓰레기통 취급하는 것이나 다를 바가 없다. 그러니 살이 찌고 건강은 더 나빠지는 것이다.

살기 팍팍할수록 내 몸 돌볼 겨를이 없다. 하지만 50세가 넘으면 수단과 방법을 가리지 말고 적정 체중을 지켜내야 한다. 진짜 '성인병'이 마수를 드러내기 시작하는 때이기 때문이다. 사실 고혈압·당뇨병 등 성인병은 30~40대부터 시작된다. 하지만 50대 이후에 체중 조절, 식생활 개선을 하면 병이 악화되는 것을 어느 정도는 막을 수 있다.

이전의 나이대와는 양상이 다르다. 50대 이후에까지 이런 경고를 무시하고 '마구잡이'로 살면 어느 날 갑자기 쓰러져서 응급실에 실려 가거나 목숨을 구해도 몸을 제대로 움직이지 못할 수 있다. 50대 이후의 체중 관리는 보기 좋은 몸매를 만들기 위한 사치스러운 일이 아니다. 앞으로 살아가야 할 적지 않은 세월 동안 건강하게, 최소한 병마에 시달리지 않게 살기 위한 기본 요소이다. 가장 기본이 되는 몸매 관리의 비법은 자존감을 지키는 것임을 기억해야 한다. 물론 50대 이후의 자존감이 다이어트 비법에만 필요한 것은 아니다.

나 돌아가지 않을래!

함께 테니스 레슨을 받던 청년의 이야기이다. 그는 유아기의 자녀 두 명을 둔 30대 초반의 아기 아빠였다. 젊은 사람이 매일 오전에 시간 여유가 있기에 어떤 직종에 종사하느냐고 물었다.

"아내와 함께 미술학원을 하고 있어요. 오전에 이렇게 나와서 놀고 오후부터 수업을 하지요."

아하, 그랬구나. 그런데 이 청년은 묻지 않는 말을 계속 한다.

"저희 부부는 정말 편하게 살아요. 만족스러운 삶이지요. 가끔 아내랑 둘이서 우리 이렇게 편하게 살아도 되는

건가 얘기하기도 해요. 그런데 그냥 계속 이렇게 살아도 될 것 같아요."

청년의 말 속에는 자만심이 가득 차 있었다. '인생 별거 아니더라'라고 생각하는 것 같았다. 나는 속으로 '아닐 텐데. 아직 인생을 속단하기는 이른데'라는 생각이 들었다. 하지만 현재의 삶에 만족하고 있는 그에게 "아닐 거야, 앞으로 어려운 일이 닥칠 수 있으니 준비해야 해. 그렇게 놀고만 있으면 안 돼. 있을 때는 없을 때를 생각해야지"라고 말하기도 뭣하다. 정말 그의 말대로 평생 그렇게 편안하게 살 수 있을지도 모르는 일이었다. 또 무엇보다 남의 일이라 내가 나설 필요는 없었다.

얼마 지나지 않아 '메르스'라는 전염병이 돌아 전국이 떠들썩해졌다. 그 여파로 청년 부부의 미술학원은 거의 문을 닫아야 할 정도로 학생 수가 줄었다고 했다. 그래서 청년은 테니스 레슨비 낼 여유도 없어졌다고 했다. 그때 막 배우기 시작해서 한창 재미를 붙이던 청년은 테니스를 그만둘 수밖에 없었다. 바로 코앞에 있는 위기에 대해서도 예상치 못했던 것이다.

나의 30대 초반을 돌아봤다. 가진 것 없이 결혼했지만 운이 좋아 어찌어찌해서 집을 살 엄두를 낼 수 있게 되었다.

우리가 가진 돈은 턱없이 부족했지만 뭐가 씌었는지 개포동의 23평짜리 아파트를 보고 나니 다른 집은 눈에 들어오지도 않았다. 그래서 계산을 해봤다. 둘이 맞벌이를 하니까 한 사람 버는 돈으로 생활하고 한 사람 월급으로는 대출의 원리금을 상환하면 될 터였다.

큰맘 먹고 그렇게 하기로 했다. 계산상으로는 2년여 만에 원리금을 다 갚을 수 있었다. 그러면 서울 강남의 아파트가 오롯이 우리 집이 될 것이었다. 여러 가지 이유를 고려하여 남편 명의가 아닌 내 명의로 집을 샀다. 그렇게 나는 '강남에 내 명의의 집이 있고 내 명의의 승용차가 있는 상장회사 과장'이 되었다. 금융기관에서도 대접을 받았다. A+++ 등급의 신용 보유자였던 덕분이다.

집은 5월에 구입했는데 새로 산 집의 전세 만기는 9월이었다. 우리는 느긋하게 기다려 9월에 입주하기로 했다. 그런데 아직 새 집에 입주도 못한 7월에 남편 회사에 문제가 생겨서 남편이 회사를 그만두게 됐다. 매달 꼬박꼬박 갚아야 하는 원리금이 그대로 빚으로 쌓였다. 그런 상황이 2년 동안 계속되었다.

그 집은 정남향 집이었는데 옛날에 지은 아파트라 낮에도 어두컴컴했다. 퇴근하고 놀이방에서 아이를 데리고 그

집에 들어설 때 나는 끝을 알 수 없는 토굴에 들어간다는 느낌을 받곤 했다. 그래서인지 이후로 집을 살 때 가장 중요하게 생각하는 조건은 '밝아야 한다'는 것이 되었다.

요즘 엘리베이터나 아파트 단지 안에서 유모차를 끄는 젊은 세대와 마주치면 가끔 그들이 무서워진다. 근거 없는 자신감과 자만심으로 자기들이 가장 잘난 줄 아는 사람이 많은 세대이기 때문이다. 물론 나도 그 나이 때는 그랬다. 회사에서 회의할 때도 죽기 살기로 덤벼서 반드시 내 주장을 관철해야 직성이 풀리는 나이였다. 그리고 그래도 될 만큼 내가 다 옳다고 자신했다.

자동차 뒤 창문에 '내 소중한 아이가 타고 있어요'라고 써 붙이고 다니는 젊은이들도 멀리하고 싶다. 원래는 사고 나서 내가 정신을 잃어도 차 안의 아이를 챙겨달라는 얘기인데 우리나라에서는 변질된 의미로 사용되고 있다. 아이를 차에 태웠으면 자기가 조심해서 운전하면 그만이지 다른 사람들까지 조심하라고 호들갑 떨 일은 아닌데 말이다.

그러면서 어떤 젊은 부모는 아이를 안고 운전하기도 한다. 운전석의 열린 창밖으로 어린아이가 손을 흔드는 것을 본 적도 있다. 대체 무엇이 자기 아이를 진정으로 위하는 건지도 분별하지 못한다. 그러면서 무조건 자기 것이 귀

하고 자기 것이 소중하니 그것을 존중해달라고 다른 사람에게 서슴없이 요구하는 나이. 그리고 자신이 가장 강하고 능력 있다고 생각하는 나이. 그 나이가 20~30대였던 것 같다.

그들은 가끔 나이든 사람을 무시하고 조롱하기도 한다. 자기들만큼의 능력이 없다고 여기는 것이다. 개그 프로그램에 나오는 '아재 개그'가 그런 조롱의 일종이다. 썰렁한 개그를 날리는 세칭 '아재' 세대. 그런데 생각해보면 아재 개그에 넌더리를 내는 그 아래 세대는 때에 맞춰 아재 개그를 만들어낼 만큼의 순발력도 없다. 그들은 더 고급한 비유와 유머를 생산하는 것이 아니라 그냥 직설적으로 지르고 만다. 그러면서 그나마 조금 더 생각을 하는 '아재'들을 흉보는 것이다.

나는 아기를 안고, 또 아장아장 걷는 아이의 손을 잡고 다니는 젊은 부모들을 보면 그들이 참 안됐다는 생각을 하게 된다. 그 아이들이 지금은 귀엽고 예쁘지만 앞으로 자라서 사춘기를 거치고, 입시를 치르고, 독립의 과정을 거치면서 그 부모에게 어떤 상처와 좌절감을 안길지 알 수 없기 때문이다. 그래서 그런 어린 자녀들을 보면 '어휴 재네를 언제 다 키우냐? 끌끌, 안됐다'라는 생각이 드는 것이다.

물론 말썽 없이 부모 뜻대로만 자라는 아이들도 있다. 하지만 그런 아이는 정말 찾아보기 힘들 정도로 소수이다. 대부분의 아이가 부모 속을 썩이며 그 썩은 가슴을 거름 삼아 자란다. 젊은 부모, 아직 어린 자녀를 둔 부모는 그걸 모른다. 마냥 귀엽기만 하고, 부모 곁에 달라붙어 부모만 바라보는 아이를 보며 살기 때문이다.

누가 나더러 10년 전으로 돌아가게 해주겠다고 제의하면 난 절대 그 제의를 받아들이지 않을 것이다. 그 전으로 가라면 더욱 싫다. 내가 결혼 전 20대에 쓸 데도, 별다른 이유도 없는 번민과 갈등에 얼마나 시달렸는지 기억하기 때문이다. 또 아이를 낳아 기르며 얼마나 많은 실망과 안타까움과 걱정에 고통받았는지 기억하기 때문이다. 이제까지 살아오면서 얼마나 많은 풍파를 나름 무사히 지내왔는지 알기 때문이다. 10년 전으로 돌아가면 그 모든 일을 고스란히 다시 겪어야 한다. 한 번 겪어봤지만 그때보다 더 잘할 자신도 없다. 그냥 똑같은 일을 그대로 한 번 더 겪어야 할지도 모른다.

그러나 50대 후반에 들어선 나는 이제 그런 일들을 어지간히 다 겪어냈다. 아이의 사춘기도, 입시도 다 겪었다. 결과에 만족하든 안 하든 '무사히 겪어냈다'라는 것이 얼마나

중요한지는 겪어보지 않은 사람은 모른다. 아이의 교육비를 더 이상 내지 않아도 되었을 때의 그 홀가분함이란 정말 기대 이상이었다. 교육비 부담이 끝났다는 것은 아이에 대한 부모의 1차적 책무를 끝냈다는 것이기 때문이다.

물론 이제까지의 나의 삶도 순탄하지는 않았다. 하지만 조상의 묏자리가 좋았는지, 내가 믿지도 않는 신께서 도와주셨는지, 아니면 내가 노력해서인지, 누구의 덕분인지는 몰라도 무사히 극복해왔다. 어쩌니저쩌니 해도 굶거나 헐벗지 않았고, 잘 곳이 없어 비바람 찬이슬 맞아야 하지 않았으며, 가족 모두 크게 아프거나 심각한 말썽을 피우지 않고 잘 살아주었다. 이 성공적인 삶을 왜 돌이키려 하겠는가? 다시 태어날 것도 아니면서 그 불확실성의 시대를 왜 다시 겪어보려 하겠는가?

웬만하면 50대를 넘긴 사람들은 자부심을 가질 만하다. 큰 사고를 겪었다 하더라도 더 크게 망가지지 않은 것을 다행으로 생각해야 한다. 해놓은 것이 없다고 한탄할 일도 아니다. 이제까지 살아온 세월이 커다란 업적이다. 다시 예전으로 돌아가도 여간해서는 욕심껏 살기 어렵다. 다만 고난의 세월을 되풀이해야 할 뿐이다.

젊음이 부러워지면 좋았던 젊은 시절이 아니라 고생스러

웠던, 벗어나고 싶었던 젊은 시절을 생각해보라. 그리고 그 때 얼마나 심사숙고하여 그런 결정들을 내렸는지를 상기해보라. 그러면 우리의 나이까지 살아올 수 있었던 그 자체가 나름 '성공'이었음을 실감하게 될 것이다.

나는 오늘도 진화한다

영국의 BBC 방송이 제작한 다큐멘터리를 본 적이 있다. 여러 편의 시리즈 중 가장 인상적이었던 것은 남극에 사는 황제펭귄의 이야기였다. 아빠 펭귄은 발목까지 내려오는 털 코트 같은 가죽 속에 알을 품고 겨울을 견딘다. 남극의 겨울인데 오죽 추울까? 영하 60도, 시속 200킬로미터의 강풍이 몰아친다. 아빠 펭귄의 발등에 놓여 있던 알이 바깥으로 떨어지기라도 하면 금세 얼어버릴 정도이다.

120일 동안 펭귄들은 바깥쪽으로 등을 돌리고 둥그렇게 무리를 지어 서서 바람을 막고 서로 체온을 나눈다. 얼마 후 안쪽에 있던 펭귄들이 옆걸음으로 종종거리며 바깥쪽

의 펭귄들과 자리를 바꿔준다. 안쪽과 바깥쪽은 10도 정도의 온도 차이가 난다. 펭귄 사회에 누가 일부러 그런 법과 질서를 만들었을 리는 없다. 다만 그들은 본능적인 양보로 서로의 생명을 지켜내는 것이다.

아빠 펭귄은 긴 겨우내 먹지도 못하고 단지 주변의 눈으로 수분을 보충할 뿐이다. 그렇게 처절하게 극한에까지 이르렀을 때 새끼가 부화된다. 하지만 여전히 새끼를 밖으로 내보낼 수 없다. 아직 어린 새끼는 체온 조절 능력이 없기 때문이다. 아빠 펭귄은 발등에 새끼를 올려놓고 다시 50여 일을 보내야 한다.

그러다 날이 풀리고 새끼를 바깥에 꺼내놓을 때쯤 되면 저 멀리 바다에서 엄마 펭귄이 먹이를 구해서 나타난다. 지평선 너머 떼 지어 오는 엄마 펭귄들의 모습이 보일 때는 눈물이 날 만큼 감동적이었다. 배우자를 만난 아빠 펭귄은 그제야 품고 있던 새끼를 꺼내 엄마 펭귄에게 넘겨준다. 정말 장엄하고도 위대한 펭귄 부모의 모습이었다.

눈시울을 적시며 펭귄 가족의 감동스러운 상봉을 보고 있는데 남편이 갑자기 폭소를 터뜨린다. 작고 귀여운 펭귄만 있는 것이 아니라 황제펭귄의 경우 큰 것은 키 158센티미터에 이른다는 해설이 나온 직후이다. 의아해하는 나와

딸에게 남편이 이렇게 말한다.

"웃기지 않냐? 엄마만 한 펭귄이 뒤뚱거리면서 다니는 게?"

160센티미터도 아니고 155센티미터도 아닌 158센티미터란 숫자가 얄궂다. 내 키가 딱 158센티미터이니 말이다.

키뿐만이 아니다. 나이가 들면서 내 걸음걸이까지도 펭귄을 닮아가고 있다. 언제부터인가 앉았다 일어나 걸으려면 한동안 뒤뚱거려야 제대로 걸을 수 있게 되었다. 관절이 빨리 펴지지 않는데 걸어야 할 때 보이는 현상이다. 마치 어린 시절 동네에서 보았던, 전족을 한 화교 할머니 걷는 모습을 연상케 한다.

심지어는 허리도 금세 펴지지 않는다. 거실에 상 펴고 앉아서 식사를 하다가 반찬이라도 더 가져오려고 일어날 때는 굽어진 허리를 미처 다 펴지 못한 채 뒤뚱뒤뚱 경망스럽고 위태로운 걸음으로 주방으로 향한다. 빨리 필요한 것을 가져와서 가족들의 식사 흐름이 끊기지 않게 하겠다는 욕심은 앞서고, 관절은 제대로 펴지지 않아서 생긴 상황이다. 물론 돌아올 때는 언제 그랬냐는 듯 허리를 꼿꼿이 세우고 점잖은 걸음을 되찾는다.

집이 아닌 바깥에서 앉았다 일어날 일이 있으면 가능한 한 천천히 일어난다. 그리고 다른 사람이 보지 않을 때 서

서히 허리를 펴서 몸을 똑바로 한다. 노인처럼 허리와 무릎이 한 번에 안 펴지는 것을 아직은 남들에게 보이고 싶지 않아서이다.

정교한 기계 같은 내 몸이 퇴화한다는 생각이 들기 시작한 것은 40대 후반 무렵이었다. 그 이전에는 내 몸을 나 스스로 느끼지 못하고 그냥 우주의 자연스러운 일부로 여겼다. 40대 후반부터 내 몸의 부위들이 의식되기 시작했다. 팔이 있다는 사실은 팔이 아파서 느낄 수 있고 다리가 있다는 사실은 다리가 아플 때 더욱 절실히 느껴진다. 배가 아프지 않다면 우리 몸 안에 위나 장이 있다는 명백한 사실을 새삼스럽게 인식하겠는가 말이다.

그럼에도 관절은 튼튼한 편인지 등산과 하산 때도 남에게 민폐를 끼치지는 않는다. 50세부터 테니스도 배워 멀쩡하게 이리 뛰고 저리 뛰고 한다. 또 모임이 있어서 시내를 활보할 때나 강의하러 수강생들 앞에 섰을 때 가슴을 쭉 펴고 허리를 곧추세운다. 그럴 때 내 모습은, 육지에서는 뒤뚱거리다가도 바다에 들어가면 육지에서와는 달리 날렵하게 움직이는 펭귄과도 같다.

그런데 한동안 접고 있던 관절을 펴려면 예전처럼 쉽게 움직여지지 않는다. 날이 갈수록 다음 동작으로 넘어갈 때

필요한 예비 동작의 시간이 길어진다.

내가 굽은 허리를 천천히 펴가며 걷는 모습을 보고 남편이 말한다.

"사회 책에 나오는 인류의 진화 과정을 보는 것 같아."

물론 그 그림 나도 안다. 오스트랄로피테쿠스에서 호모 에렉투스로, 호모 사피엔스로, 거기서 다시 현생인류인 호모 사피엔스사피엔스로 진화하면서 인류의 허리가 점점 펴졌음을 보여주는 그림……. 그 얘기를 들은 다음부터 이런 내 모습이 연상된다. 앉은 자리에서 일어날 때 털이 복슬복슬한 원시 인류이다가 넓지 않은 우리 집 거실에서 주방으로 다녀오는 사이에 허리도 펴지고 머리도 작아진 직립의 현생인류로 바뀌는 모습이다.

원시 인류에서 현생인류로 그 모습을 바꾸는, 수백만 년에 걸쳐 만들어진 그 과정을 나는 하루에도 몇 번씩 연출하고 있다. 나이 들고 몸이 내 맘대로 움직이지 않는다는 증거이다. 하지만 나는 이런 현상에 대해 걱정하거나 비관하지 않는다. 물론 스스로 황제펭귄 닮기를 주저하지 않는다. 뒤뚱거리는 펭귄의 걸음걸이가 추운 지방에서 견뎌낼 수 있도록 에너지를 비축하는 현명한 방법임을 알았기 때문이다.

시계추는 한 번 흔들어주면 한동안 좌우로 흔들린다. 펭권도 시계추처럼 좌우로 뒤뚱거리면서 걷기 때문에 큰 힘을 들이지 않고도 다리를 움직일 수 있다. 시계추가 정점에 올라갔을 때 멈추듯이 펭귄도 체중이 한쪽으로 쏠릴 때 잠시 멈추게 된다. 이때 위치에너지가 다른 쪽으로 내려갈 때 운동에너지로 바뀌어 80퍼센트의 에너지를 절약할 수 있다. 물론 인간은 뒤뚱거려봤자 65퍼센트를 절약할 뿐이라지만 말이다.

또 다큐멘터리를 통해 펭귄의 웅숭그린 그 모습에 위대한 모성애와 부성애가 담겨 있다는 것도 알게 되었다. 왜 하필 펭귄은 그 추운 겨울에 새끼를 부화하는가? 한겨울에는 천적이 없기에 안전해서란다. 그리고 새끼 펭귄이 바깥세상으로 나올 때 따뜻한 봄이도록 하기 위해서란다. 펭귄의 그 모든 독특한 모습이 극한의 땅 남극에서 무사히 번식을 하고 적응해내기 위한 최선의 방책이다. 그러니 누가 펭귄의 웅크리고 뒤뚱거리는 모습을 우습다고 놀릴 수 있겠는가?

내 몸이 날마다 원시 인류에서 현생인류로 진화하는 것은 물론 뒤뚱거리는 걸음걸이조차 나를 둘러싼 환경에 적절하게 적응하려는 내 몸의 노력이다. 관절을 갑작스럽게

펴서 무리가 생기지 않도록 진화의 그림을 그리게 하고 몸이 중심을 못 잡고 넘어지지 않게 하기 위해 뒤뚱거리는 것이다. 내 몸이 알아서 나를 보호하려고 그런 동작을 취하는 것이다.

그러니 안 그런 척 감추거나 뒤뚱거리는 움직임을 거스를 필요가 없다. 오히려 위험을 피하기 위해 몸이 보내는 신호에 귀를 기울이고 순응해야 한다. 자연에의 순응, 그것이 바로 진화 아닌가? 자연과 환경에 순응한 생물만이 살아남아서 진화를 거듭할 수 있었다. 자연을 거스르면 도태될 수밖에 없다. 순응하는 한 퇴화하지 않는다. 전 같지 않은 몸의 변화를 받아들이면 하루하루 진화를 거듭할 수 있다.

폼, 제대로 잡자

1990년대 초반 '주부 가요 열창'이라는 텔레비전 프로그램이 있었다. 전문 가수가 아닌 일반 주부들이 참여하여 벌이는 가요 경연이었다. 한때 인기가 대단했던 이 경연의 최고 상품은 '유럽 여행권'이었다. 당시는 해외여행 기회가 흔치 않을 때라 이 상품은 선망의 대상이 되는 굉장히 큰 선물이었다.

그런데 경연에 참가한 주부들을 대상으로 물어보니 그들이 꿈꾸는 가장 큰 상은 유럽 여행이 아니었다고 한다. 그들이 경연에 참가하는 가장 큰 목적은 사람들 앞에서 '폼 잡는' 것이었다고 한다. 그 '사람들'이란 그동안 자신을 밥

하고 청소하고 빨래만 할 줄 아는 사람으로 여겼던 남편과 자식들, 그리고 시집 식구들을 말한다. 그 사람들 앞에 엄마가, 아내가, 며느리가, 올케가 얼마나 대단한 사람인가를 보여주고 싶은 열망이 강했다는 것이다. 그런 의미에서 본다면 무대에 올라 노래 부르는 모습이 방송 전파를 탔던 예선 통과 참가자들은 모두 최고의 상을 받은 셈이다. 폼은 충분히 잡았으니 말이다.

최근 나는 평생교육기관에서 일하고 있다. 여러 가지 강좌 중 미술 강좌 수강생들에게는 1년에 한 번씩 회원전을 개최하도록 주선하고 있다. 처음 전시회 얘기를 꺼내면 수강생들은 한결같이 "내가 무슨 전시회를 하나요?"라며 주저한다. 하지만 강사의 독려와 다른 수강생들과의 약간의 경쟁심으로 결국 전시 작품을 완성할 수 있게 된다.

막상 전시회가 열리면 처음에 주저하던 수강생들의 모습은 온데간데없어진다. 정말 자신의 개인전을 오랫동안 준비해온 사람처럼 자부심에 가득 찬 모습을 보이기도 한다. 직장을 은퇴하고 그림을 배우기 시작한 수강생이 말한다.

"아들딸이야 그동안에도 여러모로 나를 인정해주었지요. 그런데 은퇴한 후에 만난 사위와 며느리에게도 폼나 보이고 싶었는데 그럴 거리가 없었지요. 이번에 그 아이들이

전시회에 와서 제 그림을 보고 대단하다고 감탄하니 정말 가슴이 벅차도록 기분이 좋습니다."

비슷한 연배의 또 다른 수강생이 말한다.

"손자 손녀한테 집에만 들어앉아 있는 아무 쓸모없는 노인네라는 말 안 들으려고 그림 그리기를 시작했는데 이제 진짜 뭔가를 보여줄 수 있게 되어 정말 기쁩니다. 보람도 있고요."

이렇게 말하는 수강생도 있다.

"직업이 뭐냐고 누가 물으면 아무것도 안 한다고 하기 좀 민망했어요. 한심해 보이는 것 같기도 했고요. 애들 결혼도 시켜야 하는데 상대방에게 '엄마가 화가'라고 얘기하면 좀 있어 보이잖아요. 전시까지 한 경력이 있으면 화가라고 내세울 만하지요. 비록 단체전이지만요."

강좌 시간에는 한 번도 하지 않았던 이야기들이다. 그땐 다들 그냥 취미 생활로 그림을 그린다고 했다. 그런데 그들 안에는 이렇게 '폼 잡고', '있어 보이고' 싶은 열망들이 자리 잡고 있었던 것이다.

전시 기간 내내 꽃을 사들고 오는 가족, 친지들의 발걸음이 끊이지 않았다. 이틀 만에 전시장이 꽃밭이 되었다. 원래는 전시장 안에 화분을 들여놓지 않는다. 작품을 돋보

이게 하기 위해서이다. 그런데 이 전시회만큼은 수강생들의 작품 아래 화분을 들여놓도록 배려하였다. 관람객의 대부분은 어차피 작가와의 관계 때문에 오는 사람들이다. 작품이 돋보이지 않아도 전시회에 참여한 작가들은 충분히 '폼'을 잡을 수 있었다.

특히 직업을 화가라고 말하고 싶다는 수강생의 말은 정말 전적으로 공감한다. 나도 몇 년 전 딸한테 그와 비슷한 얘기를 한 적이 있기 때문이다.

"누가 아빠 엄마의 직업을 물으면 아빠는 사진작가, 엄마는 역사칼럼니스트라고 말해라."

남편도 나도 두 분야에서 수상 경력도 있고 책도 여러 권 냈으니 그런 직업을 가졌다고 이름 붙이지 못할 바 없다. 두 직업 다 폼은 나지만 돈은 잘 안 벌리는 직업이라는 것은 웬만한 사람은 다 안다. 그래서 더 좋다. 평생을 그 직업에 종사했어도 돈 못 벌었다고 그다지 창피할 것 없기 때문이다.

은퇴하고 조용히, 정말 아무와도 교류하지 않고 조용히 살고 싶다면 이런 얘기들이 다 소용없다. 하지만 50대라는 나이가, 아니, 60대, 70대도 그냥 어느 구석에 틀어박혀 조용히만 살기에는 너무 젊다. 조용히 산다고 했다가도 사람

들에게 잊히는 것을 두려워하는 것이 일반인의 심리이다. 물론 80대, 90대도 마찬가지이다.

그런데 이왕 사람들과 교류하려면 뭔가 폼나는 일이 있어야 한다. 아닌 것 같아도 대부분의 사람은 다른 사람 앞에 폼을 잡고 싶어 한다. 그래서 친구들과 만나면 자기가 자신 있는 화제부터 꺼내곤 한다. 여행을 자주 다닌 친구는 여행 이야기를, 성형외과에 많이 다닌 친구는 성형 얘기를, 된장이나 고추장, 또 김치를 잘 담그는 친구는 그 이야기부터 하고 싶어 한다. 그 분야가 가장 자신 있고 가장 폼 잡을 수 있는 분야니까.

이 글을 읽는 독자들도 기회가 있다면 친구들과의 대화를 귀담아들어 보라. 남의 이야기를 듣기 위해, 다른 사람의 기분을 맞추어주기 위해 화제를 꺼내는 사람은 흔치 않다. 거의 다 자기가 자신 있는 분야, 자기가 가장 많이 떠들 수 있는 분야를 화제로 이야기를 시작한다. 그리고 서로 대화가 아닌 각자 자기의 이야기만 던지고 있는 경우도 많다. 다른 사람의 말이 끝나기만 기다릴 뿐 그가 무슨 이야기를 하는지에 대해서는 별 관심을 두지 않는다. 그나마 다른 사람의 말을 중간에 자르지 않으면 다행이다.

사실 이런 방식의 말하기는 '대화'라고 할 수 없다. 마주

보고 앉아서 말할 뿐 각자 나란히 서서 자신의 앞만 보고 외치고 있는 것이다. 나이 먹을수록 대화라는 것의 양상이 이렇게 변해가는 이유는 '폼' 잡고 싶어 하는 열망이 갈수록 커지기 때문이다.

나이 들수록 그런 열망이 커지는 이유는 두 가지로 추정할 수 있다. 첫째는 그만큼 자신의 분야에서 아는 것이 많아졌기 때문이다. 나름 해당 분야에서 전문가가 되었기 때문에 할 말도 많은 것이다. 둘째는 현직에 있을 때와는 달리 자신의 전문성을 펼쳐놓을 공간이 부족하기 때문이다. 또 자신의 존재감이 점점 떨어진다는 위기에서 더 말이 많아지는 것일 수도 있다.

물론 나이 들수록 말을 줄이라는 경구도 있다. 하지만 나이 든 사람이 이제껏 쌓아온 경륜이 있는데 그걸 혼자의 머릿속에만 담아놓고 있는 것은 답답하고 아까운 일이다. 잘난 척하고 폼 잡고 싶어 하는 것이 나쁜 것은 아니다. 50년 이상을 살아왔으면 무엇에든 전문가가 되어 있을 텐데 그것을 발현하지 못한다면 그것도 문제이다. 다만 그 펼쳐놓을 방법에 대해서는 연구가 필요하다. 그냥 강의하듯이, 다른 사람이야 관심을 갖든 말든 자기 이야기를 하는 식으로는 '폼'이 나지 않는다.

무엇이든 '폼'나는 일로 만들려면 보편성이 있어야 한다. 다른 사람도 관심이 가는 이야기로 잘 조리해 대화의 장에 내놓아야 한다. 선생님처럼 남을 가르치려고만 하면 안 된다. 지식을 전달하고 싶다면 상대가 그것을 배우고 싶도록 만들어 내놓아야 한다. 그러려면 새로운 노력이 필요하다.

노력 없이 되는 일이 무엇이 있을까? 그냥 노력도 아니다. 남들이 하는 정도의 노력으로는 폼이 안 난다. 그렇다고 큰돈을 들일 필요는 없다. 다만 창의성을 발휘해야 한다. 감추고 있다가 어느 날 '짠'하고 내놓을 수 있는 비장의 무기를 만들어야 한다. 미리 소문만 내고 제대로 실행을 못 하면 비웃음만 산다.

그런데 원래 '짠'하고 뭔가를 내놓아 폼을 잡는 순간은 짧다. 오히려 그 무기를 만드는 과정이 더 크고 오랜, 확실한 즐거움을 가져다준다. 그것이 더 아름다운 열매이다.

말하지 않으면 모른다

30년 넘게 가까운 사이를 유지해온 친구 모임이 있다. 함께 대학 시절을 보냈고 진지한 연애 상담을 나눴으며 서로의 결혼과 임신, 출산을 지켜봤다. 아이들 데리고 함께 놀이동산으로, 눈썰매장으로 다니며 아이들끼리, 엄마들끼리 신나게 어울려 놀고 수다를 떨기도 했다. 이제는 다니던 직장에서 은퇴했고 하나둘씩 자식들 결혼시키며 벌써 할머니가 된 친구도 생겼다. 30년을 '한결같이' 한 달에 한 번씩 만나며 그야말로 희로애락을 나눈 친구들이다.

우린 이 모임이 이렇게 길게 이어질 수 있는 비결은 '적당한 무심함'이라고 얘기한다. 우리는 서로에게 많은 것을 요

구하지 않는다. 모임에 못 나온다고 하면 "아, 그러니? 아쉽다. 그럼 다음 달에 보자"라고 말하는 게 전부이다. "왜 안 나오니?" "그럼 어떡하니?" "너 안 나오면 나도 안 나갈 테다" 식의, 다른 사람에게 부담을 주는 언행은 하지 않는다.

또 "너는 왜 이렇게 하니?" "왜 이렇게 하지 않니?"하는 식의 참견도 하지 않는다. 남편이 출근할 때 잠자리에서 일어나지도 않는다는 친구가 있는가 하면 남편 옆에 서서 양말과 손수건을 차례로 대령한다는 친구도 있다. 우리는 누가 더 잘 한다고 얘기하지 않는다. 각자의 삶의 방식을 인정한다. 그렇다고 완전히 무관심한 것도 아니다. 만나면 언제나 변함없이 살갑고 반갑다.

그런데 요즘 그 모임에 나가는 것이 맘에 편치 않다. 이유는 그 모임에서 내가 무시당한다는 느낌이 들기 때문이다. 그런데 그 친구들이 나를 무시할 이유는 없다. 아니, 내가 그 친구들에게 무시당할 이유가 없다. 아니, 그 친구들은 나를 무시하지 않는다. 그런데 나는 무시당하는 느낌이 든다. 그게 바로 문제이다.

딸이 친구와 다투고 속이 상해 하면 난 반드시 이렇게 말해준다.

"냉각기를 가져."

내가 친구들과의 모임에 다녀와 불편한 내색을 하면 딸이 내게 말한다.

"그 이모들 만나지 말아요."

나도 딸과 같은 생각을 한다. 불편하다면 만나지 말아야 한다. 완전히 끊어버리지는 않더라도 냉각기를 가질 필요는 있다. 돌이켜보면 30년을 '한결같은' 마음으로 친구들과 지내온 것은 아니다. 그동안에도 때로는 미워졌다가 애틋해졌다가 짜증 났다가 살가워졌다가 이렇게 여러 가지 감정을 겪으며 30년을 보냈다. 어떻게 사람들이 30년 동안 한결같을 수 있겠는가?

냉각기가 필요하다. 더 상처받기 전에 잠시 피할 긴급 피난처가 필요하다. 급기야 다음 모임 전에 휴대폰 대화방에 올릴 말까지 생각하기에 이르렀다.

"나 당분간 모임에 못 나가. 마음 정리되면 다시 나갈게. 못 나가는 동안 나의 동정은 대화방을 통해서 알릴게. 다시 만날 때까지 건강해!"

'마음 정리되면'이라는 말로 그들에게 약간의 당혹감을 줌으로써 소심한 복수(?)까지 할 계획을 세워봤다.

하지만 그렇게 대책 없는 냉각기를 가져 해결될 일은 아니다. 나는 불편한 심사 중에도 나에 대한 친구들의 믿음

과 우정을 의심하지 않는다. 다만 내가 때때로 그들에게서 느끼는 그 '무시당함'의 정체를 알고 싶다. 그것을 해결하지 않고는 앞으로도 이 악순환은 계속될 터이니 말이다.

사실 나도 큰소리칠 입장은 아니다. 솔직히 나는 사람을 무척 차별한다. 그 차별의 기준은 그가 소유지향적 인물인지, 존재지향적 인물인지이다. 그래서 소유지향적 인물과는 아예 말도 안 섞으려 노력한다.

그런데 이상한 것은 내가 무시하는 상대도 어찌 알았는지 나를 무시한다는 것이다. 아, 이건 이상한 것이 아니라 당연한 일이다. 상대는 어차피 소유지향적 인물이니 소유의 면에서 별 재산을 가지지 못한 나는 그에게 무시의 대상이 될 수밖에 없다.

난 그래도 상관없다고 생각한다. 왜? 난 존재지향적 인물이니까, 난 나 자신의 존재에 충실해지려 무진 애써왔고 앞으로도 그렇게 살아갈 거니까. 난 나 잘난 맛에 이제껏 살아왔고 나의 가치를 모르고 나를 인정하지 않는 인간들이야 무시하면 그만이다.

그런데 그게 아니다. 상대는 나를 무시하지 않는데 내가 무시당하고 있다. 그들이 아니고 잘난 내가 무시당한다며 불편해하고 있다.

요즘의 나를 아는 사람들은 내게 다음과 같이 얘기한다.

"남들 직장 다 그만두는 50대 후반에, 그것도 여자가 여전히 활발하게 사회활동하고 있으니 정말 멋져요. 게다가 건강만 하면 80세가 넘도록 할 수 있는 일이니 더욱 좋겠어요. 부러워요."

그런 얘기를 들으면 나는 수긍의 뜻으로 빙그레 웃는다. 하지만 내 마음속에서는 다른 말을 하고 있다.

'이 나이까지 일 안 하고 집에서 판판이 놀 수 있는 사람이 나는 부럽다.'

친구들도 기회만 있으면 나의 사회활동을 칭찬하고 부러워한다. 그들은 내가 책 써서 펴내면 한 권씩 사들고 대단하다고 한다. 나더러 우리 모임의 자랑이라고도 한다. 그런데 그들의 일상 대화는 내 사회생활에서, 내 책에서, 내 관심사에서는 멀리 떨어져 있다. 그들의 대화의 핵심은 어디로 어떻게 여행 가고 어떻게 돈 쓰고 놀 것인가에 집중되어 있다. 그런데 그것들은 내가 잘 할 수 없는 것들이다. 총체적인 여유가 없어서 내가 할 수 없는 것들에 대해 늘 얘기하는 그들의 대화가 그것을 못 하는 나를 소외시키고 무시하는 행동으로 여겨진다.

간혹 나는 내게로 관심을 끌어오기 위해 내 사회활동에

대해 과장되게 얘기하기도 한다. 그랬을 때의 결과는 더욱 참담하다. 그들은 역시 나에게 "훌륭하다, 대단하다"라고 짧게 칭찬하고 다시 자신들의 대화로 돌아간다. 절대 내가 중심에 서 있는 화제에 끌려오지 않는다. 그 이후 나는 소외의 구석에 더욱 깊숙이 처박히게 된다.

생각해보면 내 친구들은 해외여행을, 큰집을, 비싼 옷이나 가방을, 공부 잘하는 자식을, 출세한 남편을 자랑하지 않는다. 또 신앙을, 정치 성향을, 함께 쇼핑하거나 함께 영화 보기를 강요하지 않는다. 그건 참 고마운 일이다. 그들이 그런 자랑이나 강요를 일삼는 사람들이라면 난 그들과의 관계를 완전히 끊어버렸을 것이다. 그런데 문제는 그들이 내가 소중하게 여기는 가치에 관심이 없다는 것이다. 그게 내게 무시당하는 느낌을 주는 걸지도 모르겠다.

아, 푸념이 여기에 이르니 이제껏 내가 생각하지 못했던 점이 갑자기 떠오른다. 그들에게도 내가 모르는 그들만의 소중한 가치가 따로 있지 않을까? 내가 그들 앞에서는 불편함을 내색하지 않고 30년을 참아왔듯이 그들도 무언가 불편한 심사를 숨기며 참고 있는 건 아닐까? 과연 그들에게 소중한 가치는 무엇일까? 난 한번이라도 친구들이 소중하게 여기는 것에 대해 궁금해한 적이 있었는가? 친구들이 내게

중요한 것에 대해 관심 갖지 않듯이 나도 그들의 소중한 것에 대해 무관심한 건 아닐까? 그렇다면 그들도 내가 느낀 것과 같은 '무시당함'을 제각각 느끼고 있는 건 아닐까?

난 무엇이든 잘 먹기 때문에 내가 가장 좋아하는 음식이 무엇인지 아는 사람은 많지 않다. 내가 가장 좋아하는 음식은 '제대로 요리한 곱창전골'이다. 30년을 함께 살아온 나의 가족이 내가 가장 좋아하는 음식이 무엇인지 모르는 것에 어느 날 갑자기 서운해진 적이 있었다. 그때 나는 곧 스스로에게 되물었다.

'나는 내 가족 한 사람 한 사람이 무엇을 가장 좋아하는지 얼마나 잘 알고 있을까? 또 곱창전골을 좋아한다고 그들이 알도록 말한 적이 있었던가?'

말하지 않으면 내 속마음을 다른 사람들이 어떻게 알겠는가? 나 역시 친구들의 속마음을 알려고 노력해본 적이 없다. 언제나 '적당한 무심함'만을 미덕으로 여기고 지내왔으니 말이다. 다음 모임에 나가서는 내가 먼저 소중하게 여기는 가치에 대해 얘기해야지. 그리고 그들이 중요하게 여기는 가치를 정중하게 묻고 진지하게 경청할 것이다. 우선 그렇게 대화를 시도해봐야겠다. 그런 과정을 거치지 않고 일방적으로 무시당한다고 여기는 것은 어리석은 일이다.

나는 30년 지기 그 친구들과 결별할 생각이 없다. 그렇다면 나에 대해 밝히고 또 그들을 이해하고 받아들일 준비를 해야 한다. 상처의 원인을 확인하여 치료하지 않고 덮어만 둔다면 고통은 되풀이될 뿐이다. 더 깊어지기 전에 상처의 원인과 마주 서도록, 그래서 치료할 수 있도록 용기를 내야겠다. 나는 친구들을 믿으니까.

우리는 모두 고수다

몇 년 전 소설 쓰기를 배우기 위해 예술대학원의 1년짜리 단기 과정에 다닌 적이 있다. 30년 만에 다시 다녀보는 학교. 20대 초반의 풋풋한 청년들 사이에 끼어서 수업하러 캠퍼스에 드나든다는 것만으로도 충분히 가슴 설레는 일이었다. 점심시간이면 구내 학생식당에서 3천 원 균일의 밥도 사먹고, 컴퓨터실에 들어가려고 줄서서 기다리기도 하고, 학교 앞 카페에서 노트북을 펴놓고 글도 써보고, 국제학생증을 만들어 다니며 학생 할인도 받아보고……. 학생들이 하는 일은 빠트리지 않고 다 해보려고 애썼다.

하지만 그 감개무량한 느낌과 상관없이 나는 1학기 동

안 강의실의 '폭탄' 같은 존재가 되고 말았다. 학교란 겉멋을 부리거나 허영을 만족시키는 곳이 아니라 뭔가를 배우는 곳이다. 비싼 등록금 내고 학교에 갔으면 겸허하게 열심히 수업을 들어서 그 '뭔가'를 배우고야 말리라는 의지를 가져야 한다. 그런데 나는 그러지 못했다. 일단 내가 잘났음을 드러내야 했다. 잘난 척이 나도 모르게 몸 밖으로 비어져 나와 좀처럼 감춰지지 않았다.

나는 첫 시간부터 '튀는' 학생이었다. 자기소개를 곁들여 '왜 소설을 쓰려 하는가'에 대해 이야기하는 시간이었다. 다른 사람들의 대답은 대충 이랬다.

"가슴에 담겨 있는 저의 내면을 글로 써서 표출하고 싶어서요."

"사라지지 않는 소설 쓰기에 대한 열망 때문에요."

그런 얘기를 들으면서 나는 그들이 우습게 보이기 시작했다. 또 그 뻔한 말들을 진지하게 들으며 맞장구 쳐주고 있는 교수도 참 가식적이라는 생각이 들었다. 드디어 내 차례가 돌아왔다. 나는 서슴지 않고 말했다.

"돈 벌기 위해서요."

화기애애하던 강의실 분위기가 순식간에 싸늘해졌다. 등단 작가인 교수가 작게 한마디 했다.

"소설 써서 돈 안 벌리던데요."

나는 '돈 벌기 위해서 소설을 쓴다'라는 말에 두드러기가 날 것 같은 반응을 보인 그들이 모두 위선자라고 생각했다. 여러 가지 그럴듯한 말로 포장한 사람들도 그들이 가진 궁극적인 꿈은 베스트셀러 작가가 되고 책이 많이 팔려 인세를 많이 받는 것 아니냐며 말이다.

그뿐만 아니었다. 남보다 더 많이, 심지어 교수보다 더 많이 알고 있음을 과시하고 싶었다. 그래서 강의 중에 불쑥불쑥 끼어들어 교수의 말을 끊고 교수와 논쟁을 벌이곤 했다. 가끔은 내가 교수인지 학생인지 분간이 가지 않을 정도로 교수를 가르치려 할 때도 있었다. 교수의 대부분이 나보다 나이 어린 사람들이어서 더욱 만만하게 여겼다. 더구나 열심히 수업을 듣겠다는 일념으로 늘 맨 앞자리에 앉았기 때문에 다른 사람들의 표정을 살필 수도 없었다. 그래서 한 학기 내내 나의 반성 없는 오만한 태도는 계속 이어지고 말았다.

그런데 그런 나의 태도를 반성하게 되는 기회를 문득 만날 수 있었다. 여름 방학에 있었던 우연한 계기 덕분이었다. 그 무렵 몇 년 동안 쓰던 압력 밥솥이 고장 나서 버리게 되었다. 대형마트에 가니 행사 중이라며 같은 용량의 다

른 밥솥의 반값도 안 되는 싸구려 압력 밥솥을 팔고 있었다. 이유 없이 값이 비쌀 수는 있지만 이유 없이 싼값이 형성되는 경우는 없다. 압력 밥솥이 싼 데는 분명히 무슨 이유가 있을 텐데 그것이 무엇인지 확인해줄 사람이 없었다. 그래서 우리 부부는 '밥은 된다'라는 기능만 확인한 후 그 밥솥을 샀다.

그런데 집에 와서도 그 밥솥이 왜 그렇게 싼지 궁금증을 떨칠 수 없었다. 싼 게 비지떡이라는 옛말이 전혀 근거 없는 말은 아닐 것이었다. 그래서 그 가격의 차이가 어디서 오는 건지 궁금하다 못해 불안하기까지 했다.

궁금증은 이튿날 아침 바로 해소되었다. 이전 밥솥과의 커다란 차이점을 발견한 것이다. 새 밥솥은 밥을 하는 동안 아무 말도 하지 않았다. 이전 밥솥은 젊은 여자 목소리로 "메뉴를 선택해주십시오", "백미 취사가 예약되었습니다", "증기를 배출합니다", "취사가 완료되었습니다", "주걱으로 밥을 저어주십시오", "뚜껑이 열렸습니다" 등 여러 가지 말을 쏟아놓았었다. 심지어는 흥에 겨우면 시도 때도 가리지 않고 시키지 않은 노래까지 불렀다.

그런데 새로 산 싸구려 밥솥은 단 한 마디 말도 없었다. 묵묵히, 오로지 밥 짓는 일에만 전념했다. 이른바 과묵한

밥솥이었다. 예약한 시간이 되면 아무 말없이 열심히 밥을 짓고 할 일을 다 했을 때 "삐삐삐삐" 수줍은 듯 네 음절의 소리만 낼 뿐이었다.

그동안 밥솥의 안내 멘트와 노래는 고맙기는커녕 시끄럽기 짝이 없는 소음일 뿐이었다. 그런데 그 소리를 만들어 넣기 위해 밥솥 회사의 기술자들은 얼마나 많은 연구를 했을까? 또 밥솥 회사는 얼마나 많은 투자를 했을까? 그 투자액을 메워주기 위해 얼마나 많은 소비자가 그 소리에 적지 않은 돈을 기꺼이 지불했을까?

나의 경우도 마찬가지다. 내 부모는 내가 세상에 나가 당당하게 말하고 누구에게 뒤지지 않도록 고등 교육을 시키느라 얼마나 등골이 휘어졌을까? 나 자신도 남에게 뒤처지지 않고 돋보이려고 이 나이 되도록 얼마나 많은 노력을 기울였는가? 내가 남 앞에서 고개를 빳빳이 쳐들고 살게 하기 위해 내 가족을 비롯한 주위 사람들이 얼마나 많은 희생과 헌신을 했을까?

하지만 그 노력의 성과들이 때로는, 특히 상대가 원하지 않을 때는 사람들을 엄청나게 불편하게 한다는 사실은 미처 생각하지 못했다. 이제껏 내가 가진 것을 한껏 드러내 보이며 과시하는 것이 옳다고만 생각해온 것이다.

이전의 말하는 밥솥을 쓰면서 소리의 크기를 줄이거나 아예 안 나오게 하려고 설명서를 꼼꼼히 뒤졌지만 끝내 실패했다. 그래서 어쩔 수 없이 몇 년 동안 원치 않는 그 소리를 다 들어야 했다. 예약 취사를 해놓은 경우 새벽에 밥솥의 노랫소리 때문에 단잠에서 깨어나 그 소리 만든 기술진을 원망한 적이 한두 번이 아니었다.

생각해보면 그동안 밥솥이 나를 무시하고 내 일상을 사사건건 간섭한 것 같기도 하다. 웃기는 얘기지만 몇 년 동안 잘 써왔던 밥솥에 대해 갑자기 터무니없는 반발심도 일었다.

'내가 메뉴 하나 설정 못할까 봐, 예약되었는지 그까짓 것 모를까 봐, 증기가 나오는 소리가 나면 조심해야 한다는 것쯤 모를까 봐 확인하고 또 확인이야? 나야 주걱으로 밥을 젓든 국자로 젓든 지가 무슨 참견이야?'

그러니 나 때문에 강의에 방해를 받던 동급생들, 그리고 나의 오만방자함을 견뎌야 했던 교수님들은 그 심정이 어땠을까? 내 앞에서는 별다른 불평을 하지 않고 함께 강의를 들어준 동급생들도, 그리고 말을 막지 않고 존중하며 끝까지 받아준 교수님들도 나의 '말하는 기능'을 끌 수 없어서 불편함과 불쾌함을 참고 견뎠을 것이다.

밥솥으로부터 교훈을 얻은 2학기의 나는 '우리 학생이 달라졌어요'라는 프로그램에 다녀오기라도 한 것처럼 온순한 학생이 되었다. 50년 이상 살았는데 잘나지 않은 사람은 없다. 어떤 사람은 콩나물 무치는 고수가 되고 어떤 사람은 젓가락질의 고수가 되기도 한다. 자신이 고수임을 아무데서나 떠벌리는 사람은 이미 고수가 아니다. 자신의 내공이 깊을수록 그를 드러내지 않는 것이 진정한 고수의 도리이다. 고수의 진면목은 필요로 하는 곳에서만이 드러난다. 때로는 말 못하는 사물의 가르침에도 귀를 기울여야겠다.

"돈 들이고 공들여 멋지게 꾸민 것이 오히려 주위 사람들을 불편하게 만들 수도 있다, 상대가 원하지 않을 때는 묵묵히 제 할 일만 다 하는 것이 참된 고수의 자세이다."

싸구려 밥솥에서 내가 얻은 교훈이다.

신의 섭리는 오묘해

나에게는 아직 심한 노안이 오지 않았다. 50대 후반인 지금도 돋보기 없이 책을 읽을 수 있다. 컨디션이 좋은 날 밝은 곳에서는 바늘귀에 실을 끼우기도 한다. 흰머리도 별로 많지 않다. 워낙 활기차게 돌아다녀서인지 내 나이보다 훨씬 젊게 보는 사람이 많다. 그럭저럭 피부도 깨끗하고 동안이라는 소리도 많이 듣는다. 그래서인지 나는 늙는 것을 별로 허무하거나 서글프게 여기지 않는 편이다. 오히려 내 나이를 당당하고 자랑스럽게 여긴다. "이 나이까지 이만큼 무사히 살아오기가 얼마나 어려운데" 하면서 말이다.

세월이 흐르면, 그래서 사람이 나이를 먹으면 늙는 게

당연하다. 20대 후반인 딸도 엄밀하게 말하면 늙어가고 있는 것이다. 자신의 나이에 대해 당당하고 늙는 것을 당연하게 생각한다 해도 늙는 것을 좋아하는 사람은 없다. 현대 사람들만의 일이 아니다. 고려 말 우탁이라는 사대부는 늙는 것을 탄식하는 내용의 시조 〈탄로가〉를 지었다. 그 옛날에도 늙는 것을 피하고자 하는 마음은 지금과 마찬가지였던 모양이다. 교과서에도 실려 잘 알려진 시조 내용은 다음과 같다.

한 손에 가시 쥐고 또 한 손에 막대 들고
늙는 길 가시로 막고 오는 백발 막대로 치렸더니
백발이 제 먼저 알고 지름길로 오더라

춘산에 눈 녹인 바람 건듯 불고 간 데 없다
잠시만 빌렸다가 머리 위에 불게 하여
귀밑에 해묵은 서리를 녹여볼까 하노라

늙지 말고 다시 젊어 보려 하였더니
청춘이 날 속이고 백발이 거의로다
이따금 꽃밭을 지날 때면 죄 지은 듯하여라

물론 노화 방지의 확실한 방법이 개발되어서 모든 사람이 100세가 되도록 뽀얗고 탱탱한 피부에 삼단 같은 검은 머리를 지니고 살 수 있다면야 모르겠지만 또래의 다른 사람 다 늙는데 혼자서만 탱탱한 피부를 유지한다면 그것 또한 꼴불견이다. 자연의 순리를 거스르는 것이기 때문이다. 그래서 성형 수술을 열심히 해서 나이에 어울리지 않게 팽팽한 사람을 보면 조금 징그럽기도 하고 걱정스럽기도 하다. '저렇게 얼굴에 손을 댔다가 더 늙어서 부작용 생기지 않을까?'하는 부질없는 남 걱정이다.

나이를 먹을수록 돌아가신 아버지의 말씀이 가슴에 와 닿는다.

"사람은 순리대로 살아야 한다."

순리대로 사는 것의 가장 기본은 노화를 있는 그대로 받아들이는 것이다.

나와 동갑인 남편에게는 노안이 제법 일찍 찾아왔다. 아마도 40대 중반 정도부터 돋보기를 쓴 것 같다. 딸의 안경을 맞춰주러 안경집에 갔다가 시험 삼아 해본 검사에서 노안이니 돋보기를 써야 한다는 판정을 받았다. 그때 돋보기를 맞추고 집으로 돌아온 후 남편은 무척이나 실망스러워했다. 이뤄놓은 건 아무것도 없는데 벌써 노화가 시작되었

다는 것이 정말 절망적이라는 것이었다.

그 후에도 사사건건 작은 것이 보이지 않을 땐 신경질에 가까운 반응까지 보였다. 모르는 길을 찾아갈 때, 남편은 운전하고 내가 지도를 찾아 보여주곤 했는데 언젠가부터는 운전하며 지도를 절대 안 보았다. "우리가 이 길로 가고 있는데……" 하고 무심코 지도책을 들이밀면 짜증을 내기도 한다. 보이지도 않는데 그렇게 들이밀면 어떡하느냐고…….

요즘 남편은 손톱, 발톱 깎는 것이 가장 하기 싫은 '행사' 중 하나라고 얘기한다. 돋보기를 안 끼면 보이지 않아서 손톱깎이를 제대로 겨냥할 수 없고 돋보기를 껴도 뭔가 답답하고 불편하다는 것이다.

노안이 오고 난 뒤 남편의 생활 방식에 작은 변화, 아니 자신에게는 클지도 모르는 변화가 생겼다. 무척이나 꼼꼼하고 손재주가 많아 뭐든지 스스로 만들고 잘 고치던 남편이 이제 손으로 하는 정밀한 일을 안 하려 한다. 눈이 잘 안 보이니 손끝도 무뎌져서 일이 잘 안 된다는 것이다. 자신의 특기이자 취미를 제대로 살릴 수 없다는 것이 그를 더욱더 상실감에 빠지게 한 것 같다.

남편은 밥 먹을 때 국을 떠먹느라 얼굴을 밥상에 가까이

대면 밥상의 반찬들이 흐릿해지면서 갑자기 어질어질해지기도 한다고 했다. 노안이 빨리 찾아온 내 친구는 밥을 먹을 때 밥알의 모양이 제대로 안 보이고 뿌옇게 보여서 밥맛도 없다고도 했다.

어쩌다 친구들끼리 만나면 자신의 노안 진행 상태며, 흰머리가 얼마나 났는가 하는 얘길 화제로 삼기도 한다. 그 중 어릴 때부터 눈이 나빠 계속 안경을 끼고 살아왔다는 남편 친구의 얘기가 걸작이었다. 자신은 근시였기 때문에 노안으로 가는 도중에 어느 순간에는 눈이 좋아지는 때가 있을 것이라고 믿었다는 것이다. 그런데 나이가 드니 멀리 있는 건 근시 때문에 안 보이고 가까이 있는 건 노안 때문에 안 보이는 이중고를 겪게 되었다는 것이다.

그 얘기를 들은 남편은 조금은 위안이 되는 모양이었다. 최근 시력 검사에서 좌우 다 2.0이 나올 정도로 눈이 좋으니 그나마 다행이었다. 그런데 이내 시무룩해진다. 그 좋은 시력 가지고도 필요한 건 제대로 볼 수 없으니 어디에 쓸 거냐고 한다. 나는 그 현상을 성가셔하지 말고 있는 그대로 받아들이라고 늘 얘기한다. 단지 그 불편을 개선하기 위해 방법을 찾아보는 게 현명한 일이라고 생각하는데 남편을 비롯한 노안 선배(?)들은 그게 잘 안 되는 모양이었다.

노안이 된 것을 무척이나 성가셔하고 실망스러워하던 남편이 어느 날 밝은 표정으로 내게 말했다.

"하느님이 나이 들면 왜 노안이 되게 만들었는지 알 것 같아."

나이 들면 누구나 겪는 노안에 하느님까지 들먹이다니 갑갑하긴 어지간히 갑갑했던 모양이다. 무슨 얘기냐고 물었더니 멋진 얘기를 해주었다.

"나이가 들면 나무만 보지 말고 숲을 볼 줄 알아야 한다는 섭리이지. 나이 들어서는 작은 것에 연연해하지 말고 크게 봐야 한다고 그냥 말로만 하면 사람들이 안 들어먹을 거 아냐. 그래서 아예 작은 것은 못 보고 큰 것만 볼 수 있게 만들어버린 거야. 그런 하느님의 섭리가 노안으로 나타나는 것 아닐까? 그러니 노안은 곧 가까운 것, 작은 것을 못 보는 눈이 아니라 큰 것, 멀리 있는 것을 볼 수 있는 눈이지. 이런 눈을 부여받은 것을 오히려 감사해야 하잖아. 역시 하느님의 섭리는 오묘해."

50년을 살고서도, 아니 하느님으로부터 크게 볼 수 있는 '눈'을 부여받고도 아직도 작은 일에 연연해 속을 끓이고 있다면 그건 신의 섭리를 거역하는 것이다. 작은 것은 그것밖에는 볼 줄 모르는 젊은 애들 보고 해결하라고 하고 나

이 든 사람은 그들이 못 보는 더 큰일, 훨씬 더 멀리 있는 일을 해결하려 힘써야 한다. 그러니 나이 든 사람의 이런 진가를 모르고 퇴출 대상으로만 여기는 젊은 애들을 실컷 비웃어줄 수밖에…….

두뇌 안티에이징

얼마 전 남편과 함께 한 선배를 만났을 때의 일이다. 대화 중 건축가 고 김수근 씨에 대한 얘기를 하게 되었다. 그런데 아뿔싸, 그 유명한 건축가의 이름이 떠오르지 않았다. 말은 해야겠는데 도무지 기억이 나지 않아 당황하고 있을 그때, 한 가닥 실마리처럼 떠오른 단어 하나가 있었다. 그거면 김수근 씨를 충분히 설명할 수 있을 것 같아 황급히 말을 꺼냈다.

"그 '광장'이라는 잡지로도 유명한 건축가 있잖아요."

옆에서 내 말을 기다리던 남편이 "아, 김수근 씨!"한다. 제대로 의사소통이 되었구나 하고 안도하고 있는데 남편이

곧 덧붙여 말했다.

"김수근 씨는 《공간》을 만들었지. '광장'이 거기서 왜 튀어나와?"

남편과 단둘이 있을 때 이런 대화를 나눴다면 그냥 깔깔 웃고 말았을 게다. 수시로 일어나는 일이니까. 그런데 맞은편에서 나보다 열 살 가까이나 많은 선배가 빙그레 웃고 앉아 있었다는 게 문제였다. 쥐구멍이라도 찾고 싶은 심정에 얼른 이런저런 변명을 늘어놓았다.

"내 친구 하나는 '이리 오너라'라는 음식점 이름을 '게 아무도 없느냐'로 알려줬는데 친구들이 다 알아서 찾아왔더래요. 뭔가 연관성이 있잖아. 공간과 광장. 리듬이나마 기억하는 게 어딘데. 당신도 결국은 알아들었잖아."

말도 안 되는 너스레를 늘어놓았지만 사태가 수습되기는커녕 더욱 민망해지기만 했다. 아무튼 이렇게 나이를 먹어가면서 어휘력이 감퇴해가는 사태는 도무지 해결이 되지 않는다.

어휘에 대한 기억력이 급격히 떨어지는 것을 느낀 것은 40대 초반이었다. 그 이전까지 기업의 홍보실에서 일하던 나는 언론사에서 요청하면 기초 자료 없이도 30분 이상 쉬지 않고 제품 홍보를 할 수 있을 정도로 말재주가 뛰어났

다. 그땐 같은 말이라도 다양한 어휘를 사용해야 했다. 똑같은 어휘를 되풀이하면 상대가 금세 지루해하기 때문이다. 주저하거나 더듬거려서도 안 되었다. 내 말투에 의해 제품에 대한 신뢰감이 떨어질 수 있기 때문이다.

"황 과장은 좋겠어. 전쟁이 나도 입만 가지고 피난가면 어디서나 업무를 볼 수 있잖아"라던 상사의 우스갯소리가 칭찬으로 들려 의기양양하던 30대. 그 화려한 시기를 막 넘긴 무렵부터 문제가 생긴 것이다. 어휘력이 떨어진다는 것은 말로, 글로 먹고살아야 하는 내게는 커다란 위기가 되었다.

내가 40세를 맞이할 무렵은 우리나라가 외환 위기로 IMF의 구제 금융을 받아야 하는 때였다. 그 여파로 우리 사회에는 여러모로 커다란 변화가 일어나고 있었다. 수많은 기업이 도산하고 많은 사람이 직장을 잃었다. 그러면서 한편에서는 기업들이 앞다투어 인터넷과 관련한 사업에 손을 대고 바야흐로 인터넷 없이는 일하기 어려운 세상이 되어가고 있었다. 그때는 너나 할 것 없이 급변하는 사회 변화에 뒤떨어지지 않으려면 남보다 훨씬 더 많이, 이전보다 훨씬 더 열심히 공부하지 않으면 안 되었다. 최소한 난 그렇게 열심히 연구하고 열심히 발버둥 치며 그 변화들을 받

아들이고 있었다고 믿었다. 그런데 엉뚱한 데서 문제가 나타났다. 어휘력과 기억력의 감퇴가 시작된 것이다.

40세가 갓 지나서 새로운 직장에 입사한 후 겪은 일이다. 20대 후반의 젊은 직원과 마주보고 앉아 있던 나는 그에게 수시로 업무 지시를 해야 했다. 그런데 "아무개 씨!"하고 부른 뒤, 내가 왜 그를 불렀는지 기억이 안 나는 것이었다. 혹은 기억은 나는데 입에서 적절한 말이 나오지 않을 때도 있었다. 그것도 어쩌다 한 번이 아니라 하루에도 몇 번씩 그런 일이 일어났다.

지금 같으면 "아, 깜빡 잊었어요. 조금 있다가 다시 말할게요. 어휴, 내가 나이 먹은 티를 내요"라고 넘어갈 수 있다. 하지만 그때만 해도 그런 나의 모습을 스스로 용납할 수 없었다. 하여 즉시 문제를 해결하지 않으면 안 된다고 생각했다. 그 젊은 직원에게 내가 '나이 든 티'를 들켜서는 절대로 안 된다고 생각한 것이다. 그래서 상황이 더욱 절박하게 느껴졌다.

나는 "아무개 씨!"하고 부른 후 용무를 잊으면 내 머릿속 어딘가로 숨어버린 기억을 필사적으로 찾아 헤맸다. 하지만 이름을 부른 후 내가 하려던 말을 찾아낼 때까지는 최소한 5초 정도의 시간이 필요했다. 나와 일한 지 얼마 되

지 않았던 그 직원은 "황 부장님은 원래 저렇게 말을 천천히 하는구나"라고 생각했을지도 모른다. 아니, 아예 그런 생각조차 안 할 만큼 짧은 시간이었을지도 모른다. 그러나 내게는 그 시간이 공포스러우리 만큼 길게 느껴졌다. 정말 잠자던 기억력을 총동원해서 간신히, 간신히, 그러나 무사하게(?) 업무 지시를 하곤 했다.

그때 내가 뼈저리게 느낀 바가 있다. 나이 들수록 공부하지 않으면 안 된다는 것. 책이든 신문이든 하다못해 세탁기 설명서라도 계속 읽지 않으면 언젠가는 그나마 조금 있던 지식의 기억과 그것들을 표현할 방법까지 모두 잊어버리게 될지 모른다는 것이다.

나는 초등학교 고학년 이후 손에서 책을 놓아본 날이 단 며칠도 안 된다. 또 수많은 대인 관계를 유지하며 복잡한 사회생활을 계속하고 있었는데도 그런 상황을 겪었다. 그러니 별다른 생각 없이, 책도 안 읽고 살다가는 상태가 심각해지겠구나 하는 생각을 하게 되었다.

그런데 그로부터 10여 년이 지나는 동안 나는 두뇌 계발을 위해 뭘 했을까? 물론 책은 여전히 꾸준하게 읽었다. 하지만 그 외에 내 두뇌의 안티에이징을 위해 따로 한 일이 없다. 사람들이 모이면 피부나 신체의 노화를 막는 비결

에 대해서는 많은 대화를 나눈다. 어떤 화장품을 써야 하는지, 어떤 식품을 섭취해야 하는지, 어떤 운동을 해야 하는지, 심지어는 성형외과에 가서 어떤 시술을 받아야 하는지, 어떤 성형외과가 솜씨가 좋은지에 대해서 열심히 정보를 주고받는다.

하지만 두뇌의 젊음을 유지하기 위해, 다시 젊어지게 하기 위해 어떤 노력을 한다는 얘기는 들어본 적이 없다. 치매를 두려워하면서도 치매를 예방하는 약을 찾을 뿐 치매 예방을 위해 두뇌 안티에이징이나 두뇌 계발의 노력을 한다는 사람은 많지 않다. 기껏해야 견과류 많이 먹자는 얘기나 할까.

누군가 이런 말을 했다. 나이 들어서 건망증이 심해지는 것은 뇌 기능이 퇴화해서가 아니라 한정된 뇌 기능에 입력된 정보가 많아져 쌓인 정보를 제대로 처리하지 못해서 생기는 일이라고……. 그렇다면 아직 기회는 많이 남아 있다. 두뇌 속 미개척지를 계속 계발하여 정보 저장 장소를 늘리면 우선 건망증의 문제는 어느 정도는 해결할 수 있다는 말 아닌가. 천재 아인슈타인도 두뇌 기능의 10퍼센트만 사용했을 뿐이라고 한다. 천재가 아닌 나는 5퍼센트도 제대로 사용하지 않았을 테니 아직도 개척할 수 있는 두뇌의

공간이 95퍼센트나 남은 셈이다.

치매의 문제를 해결하지 못하면, 뇌가 제 기능을 못하는 문제를 해결하지 않으면 장수는 축복이 아니라 재앙일 뿐이다. 내가 내 몸을 제대로 컨트롤하지 못하고, 가족도 친구도 제대로 기억하지 못한다면 주름 하나 없는 팽팽한 얼굴, 온 동네를 뛰어다닐 수 있을 정도의 체력 등 어떤 것도 쓸모가 없어진다. 아니, 그것들이 오히려 화근이 될 수도 있다.

50대를 살아가는 지금, 앞으로도 우리의 육신이 버텨야 할 세월은 살아온 세월만큼이나 길게 남아 있다. 일단 두뇌가 건강해야 그 세월을 인간의 존엄성을 지키면서 살아갈 수 있다. 그러니 이제부터는 무엇보다 두뇌의 안티에이징에 온 힘을 기울여야 할 일이다.

두뇌의 안티에이징을 위해 무엇을 해야 할까? 이제부터 머리를 맞대고 연구해봐야겠다.

병도 자랑거리다

내 나이 50대이지만 난 아직 발랄하게 사는 것을 좋아한다. 화장기 없는 맨 얼굴에 생머리 쇼트커트로, 옷은 격식 없이 가볍고 간편하게 입고 다닌다. 물론 게을러서 차리고 다니지 못하는 것도 있다. 하지만 그것보다는 있는 그대로의 삶이 더 좋기 때문에 꾸미지 않는다.

몇 해 전 봄, 이른 더위가 찾아왔을 때는 철 이르게 반팔 티셔츠에 7부 바지를 입고 씩씩하게 학교에 간 적이 있다. 엘리베이터에서 만난, 나보다 기껏해야 서너 살 위일 듯한 동급생이 나에게 이런 얘기를 했다.

"벌써 반팔을 입었네요. 청춘이 좋긴 좋구나."

그땐 그냥 기분이 좋아서 "아, 예"하고 넘어갔다. 청춘, '듣기만 해도 가슴이 설레는 말'이라 하지 않던가. 그런데 나중에 생각해보니 조금 기분이 묘했다. 더러 동안이라는 말을 듣기는 했지만 '청춘'이라니……. 뒤늦게 학교에 다니다 보니 50대에 청춘이라는 말을 다 듣는다는, 학교가 사람을 젊게 해준다는 생각도 들었다.

하긴 나 말고도 요즘엔 60대, 70대는 물론 90대에 이르러서도 신체 나이가 30~40대 못지않게 씩씩하고 활기찬 삶을 사는 분이 많다. 평균수명이 100세 혹은 120세에 이른다고 하니 90대에도 건강을 유지해야 하는 것은 필수적인 일이다. 병석에 누운 채 30~40년을 연명할 수는 없지 않은가. 돈 없이 아픈 건 더 큰 재앙이지만 돈이 있어도 몸이 제대로 움직이지 않아서 자유롭게 다니지 못하는 것은 슬픈 일이다.

아무리 관리를 잘 해도 새 차를 구입한 지 3~4년이 지나면 여기저기 고장이 나서 돈 들여 수리해달라는 신호를 보내온다. 그렇듯 내 몸도 벌써 이곳저곳에서 점검과 보수가 필요하다는 메시지를 보내오곤 한다. 겉은 청춘으로 보이지만 육체라는 기계의 내구연한까지 어찌할 수는 없는 모양이다. 나이는 숫자에 불과하다며 활기차게 살다가도

몸이 아프면 이전보다 훨씬 많이 우울해지는 건 사실이다.

몇 년 전 다리 골절상을 입은 적이 있다. 부상을 당했을 때는 다급하니 일단 수술을 했다. 그런데 1년 반 후 발목뼈를 고정했던 철심과 나사를 뽑기 위한 수술을 하려니 혈당이 말썽이었다. 담당 의사는 "이런 수치로는 수술 못 한다"라며 연신 핀잔을 주면서 마지못해 수술 날짜를 잡아줬다.

수술을 하기 위해 기본적으로 실시하는 여러 검사 중 당화혈색소 검사가 있다. 이는 지난 3개월 동안의 혈당치를 평균적으로 보여주는 검사이다. 이 검사는 그 기간 나의 '방탕한 삶'을 여지없이 펼쳐 보였다. 터키로 여행 가서 그 나라 음식을 닥치는 대로 맛있게 먹어치웠고 일주일에 네 번 테니스를 칠 때마다 맥주 파티를 벌였으며 학교 종강 파티에 어울려 대책 없이 과음과 과식을 했던 기간이 바로 그 3개월이었다.

혈당이 높다는 것은 참 우울한 일이다. 내가 수많은 합병증의 잠재 보유자가 된 것이라 할 수 있기 때문이다. 또 혈당이나 혈압이 높으면 응급 수술을 하기 어렵다. 지금은 혈당, 혈압 약을 먹는 사람을 위한 보험 상품이 나왔지만 예전에는 이런 약을 먹는 사람은 보험 회사도 기피했다.

다행히 나의 경우 조금만 관리하면 큰 문제없이 삶을 살

수 있는 정도라지만 의사에게 그런 지적을 받는다는 것은 유쾌한 일일 수 없다. 왠지 혈당에 대한 지적은 다른 것보다 창피하고 불쾌하다. 탐욕스럽고 게으른 삶을 살았다는 얘기로 들리기 때문이다.

엎친 데 덮친 격으로 잇몸에도 문제가 생겨 몇 차례나 치과 치료를 받아야 했다. 잇몸 질환도 혈당치와 밀접한 관련이 있다는 사실을 나는 전부터 알고 있었다. 하지만 그냥 무시하고 마구 살아왔다. 그 결과, 수습할 수 없는 상황에까지 이른 것이다.

그런데 하필 그 무렵 남편마저 갑자기 치질 수술을 하게 되었다. 부부가 번갈아 여러 병원 신세를 지게 되었다. 물론 둘 다 중병은 아니어서 큰 걱정은 없었지만 성가시고 심란한 것만은 분명했다. 게다가 앞으로 모든 면에서 더 나빠지면 나빠졌지 좋아질 가능성은 없겠지 하는 생각이 더욱 나를 우울하게 했다. '아, 이렇게 하나씩 정신없이 망가져 가는구나'하는 생각이었다.

그런데 그 우울한 마음이 친구 모임 한 번에 씻은 듯 사라졌다. 내 심란한 표정을 본 친구가 그 이유를 물었다. 나는 우리 부부에게 한꺼번에 닥친 질병에 대해 긴 하소연을 했다. 그랬더니 기다리고 있었다는 듯 여기저기서 자기가

겪은 병 얘기가 쏟아져 나왔다.

“나는 잇몸 염증 때문에 얼마나 고생을 했는지 아니? 몇 달에 한 번씩 치과에 가서 염증 조직을 긁어내지 않으면 살 수가 없었다니까. 지금 내 이빨의 반은 내 이빨이 아냐.”

“나도 치질 수술했잖아. 그런데 난 수술이 잘못되어서 항문 근육 조절이 잘 안 돼 한번 대변이 마려우면 참을 수가 없어. 여행 가서 느닷없이 화장실 찾느라 난리를 겪은 일이 한두 번이 아니었다니까. 그래도 그냥 이대로 살아야지 어떡하겠어?”

“난 출근길에 뼈가 부러져서 한 달을 목발 짚고 회사에 다녔어. 너 목발 짚고 만원 전철에서 이리저리 밀려봤어? 안 해봤으면 말을 하지 마.”

“난 혈압이 높아서 찜질방, 사우나 같은 데 못 간 지 오래됐어. 넌 혈압은 안 높다며 뭘 걱정이야?”

“난 더 나이 먹기 전에 살을 빼려고 다이어트를 심하게 했다가 면역력이 떨어져서 큰일 날 뻔했어. 여러 가지 피부병이 온몸을 한꺼번에 공격하는 거야. 너도 웬만하면 무리하게 살 빼려고 하지 마. 면역력 떨어지는 게 가장 무서운 일이야. 만병의 근원이거든.”

“애들아, 말도 마. 나는 폐암 수술까지 했잖아. 조기에 발

견했다고는 하지만 여전히 살얼음판을 걷는 것처럼 조심스럽게 살고 있지. 담배라고는 입에도 안 대본 나한테 폐암이 웬일이라니?"

병 자랑에 이어 뼈 건강을 위해서는 이렇게 하고 혈당과 혈압 조절은 저렇게 하며 치아 관리는 요렇게 하고 총체적인 영양 관리는 조렇게 하라는 등 계속되는 건강 상담에 다른 화제가 끼어들 틈이 없을 지경이었다.

참으로 이기적이고 품위 없는 생각이지만 역시 인간의 행복은 남의 불행 속에서 찾아지나 보다. 나보다 더 심각한(?) 지병을 가지고 있는 친구들 얘기를 들으니 얼마나 안심이 되던지……. 집으로 돌아오는 길에 우울함은커녕 새로운 희망이 솟아나는 것 같기도 했다.

나이가 들면서는 내게 생긴 병을 혼자만 끼고 앉아 끙끙거릴 일이 아닌가 보다. 자식 자랑 손자 자랑하면 다른 사람의 빈축을 사지만 병 자랑을 하면 동병상련의 위로를, 아니면 최소한 그 병을 이길 수 있는 정보라도 얻을 수 있으니 말이다.

기계를 오래 쓰면 낡아서 제 기능을 하지 못한다는 것은 상식이다. 50년 넘게 쉬지 않고 가동하는 기계가 인간의 육체 말고 또 뭐가 있을까? 몸에 고장이 생기는 것은 당연한

일이다. 남보다 게으르거나 탐욕스러운 삶을 살아서 병이 생긴 것이 아니다. 그러니 병이 생기면 부끄러워하지도 숨기지도 말고 자랑하자. 그만큼 열심히 육체를 움직여왔다는 증거이니까.

2

찬란하고 화려한 나의 여름

하늘이 내린 사명은 뭘까?

"子曰, 吾十有五而志于學, 三十而立, 四十而不惑, 五十而知天命, 六十而耳順, 七十而從心所欲, 不踰矩(공자가 말했다. 나는 열다섯 살에 학문에 뜻을 두었고 서른 살에 몸을 세웠고 마흔 살에 유혹에 시달리지 않게 되었고 쉰 살에 천명을 알게 되었고 예순 살에 남의 말을 순순히 듣게 되었고 일흔 살에 마음 내키는 대로 좇아도 법도를 넘어서지 않게 되었다)."

〈논어〉의 위정편에 실린 내용이다. 학창시절 한문 시간에 배운 후 평생 잊히지 않는 내용 중 하나이다. 나도 30세

까지는 나 스스로를 세웠다고 믿어 의심치 않았다. 30세가 되기 전에 안정된 직장을 구했고 결혼한 후 자식을 얻었으며 내 집도 마련했으니까. 그래서 나이를 먹으면 저절로 공자님 말씀대로 되는구나 하는 생각도 했다.

그런데 40대부터 얘기가 좀 달라지기 시작했다. 나는 40세가 되는 새해 아침이면 나를 괴롭히던 그 모든 유혹이 삽시간에 사라질 줄 알았다. 그리고 그때부터는 정말 갈등 없는, '돌아와 거울 앞에 선 누님 같은' 삶이 펼쳐지는 줄 알았다. 그런데 그렇지 않았다. 오히려 더 많은 유혹에 시달렸고 더 많은 갈등에 대해 고민해야 했다. 하여 나는 이런 추론을 하기에 이르렀다. '40이 불혹'이라는 말은 40대가 유혹에 흔들리지 않는 나이가 아니라 '유혹에 흔들리지 않으려고 노력해야 하는 나이'라고…….

실제로 대부분의 사람의 삶을 보면 진짜 유혹은 40대부터 시작된다. 그 이전에는 당연히 취직을 해야 하고 당연히 사랑하는 사람과 결혼을 해야 하고 당연히 그렇게 바쁘게 사는 것이라 믿었을 테고 다른 방향을 돌아볼 틈 없이 정신없이 살아왔을 터이다. 그런데 40대가 되면서 그런 믿음에 대한 회의가 들기 시작한다.

"이 직장에 계속 다녀야 하나? 자식 교육은 제대로 하고

있는 걸까? 이 남자(여자)랑 계속 살아야 하는 걸까? 더 늦기 전에 뭔가 새로운 걸 해야 되는 게 아닐까? 이대로 늙어가도 되는 걸까……?"

50세를 지천명(知天命)이라 하고 60세를 이순(耳順)이라 한 것을 보면 내 추론이 더욱 그럴듯해진다. '50세가 되면 하늘의 뜻을 알 수 있다'가 아니라 50세 이후는 '하늘의 뜻을 알려고 노력하는 나이'여야 한다. '60세가 되면 남의 말이 순하게 귀에 들어온다'가 아니라 60세 이후는 '남의 말에 괜히 토 달지 말고 순순히 받아들이려 노력해야 하는 나이'이니까.

50세가 된 나에게 주어진 '하늘의 뜻'은 과연 무엇일까? 어찌 하늘의 뜻을 쉽게 알아차릴 수 있겠는가마는 그래도 한번쯤 알아보려고 노력은 해야 하니 말이다. 대체 하늘이 나를 이 세상에 내신 이유가 무엇일까? 다른 건 몰라도 일단 한 가지는 알 수 있을 것 같았다. 내 자식을 만들기 위해 내가 태어났다는 것. 그것이 내가 이 세상에서 행한 가장 그럴듯한 일이라는 생각이 들었다.

일찍이 리처드 도킨스가 《이기적 유전자》라는 책에서 "인간은 유전자의 꼭두각시"라고 선언했다. 또 인간은 "유전자에 미리 프로그램된 대로 먹고살고 사랑하면서 자신의 유

전자를 후대에 전달하는 임무를 수행하는 존재"라고 써놓았다. 일벌이나 일개미가 평생을 독신으로 살면서 여왕벌이나 여왕개미에 충성하는 것도 결국은 자신이 결혼하여 자식을 낳음으로써 1/2의 유전자를 이어받은 개체를 남기는 것보다 자신과 대립형질이 거의 비슷한 자매를 많이 만들게 하여 유전자를 좀 더 확실하게 보전하려는 이기적 태도라는 것이다.

유전자에 대한 이야기가 생물체에 한정되기 때문에 '유전자가 곧 신이 아닐까?'하는 생각에는 무리가 따른다. 더구나 짐승도 아니고 '생각하는 동물'이라는 인간이 번식을 위해 태어났다는 의견은 너무 동물적이고 본능에만 충실한 생각이라는 느낌도 든다. 하지만 다시 생각해봐도 우리가 이 세상에 태어나게 된 가장 큰 이유는 역시 종족을 많이 퍼트리기 위함인 것 같다. 그렇게 생각하는 이유를 몇 가지 들어보겠다.

첫째, 아무리 잘난 사람도 결국은 자식에게로 팔이 굽는다. 자식한테는 지도록 되어 있고, 자기 욕은 참아도 남이 자기 자식 욕하는데 그냥 넘어갈 사람은 없다.

둘째, 자기 성취니 뭐니 하면서 뼈 빠지게 일하는 것도 결국은 처자식 먹여 살리기 위한 행동이다. 자기 몸뚱아리

하나 먹고사는 데서 만족한다면 뭐 그렇게 욕심을 낼 필요가 있을까? 자기 입 하나 먹여 살리는 데 돈이 들면 얼마나 든다고…….

셋째, 자기에게 유전자를 나눠준 부모보다 자기 유전자를 받은 자식을 더 사랑하게 된다. 이미 유전자를 물려주어 이제는 더 이상 용건이 없는 부모보다는 앞으로 내 유전자를 계속 이어갈 자식에게 애정이 더 가는 건 도킨스의 관점에서 보면 당연한 일이다. 효도가 가장 중요한 가치였던 그 옛날에도 부모님보다는 자식을 먼저 생각하는 것이 보통이었을 것이다.

인간이 유전자 보전을 위해 산다는 증거는 그 외에도 많다. 일정한 연령이 되면 이성에 끌리는 것도 유전자의 장난이다. 상대를 찾아야 종족을 번식시켜 유전자를 보전할 수 있기 때문이다. 내 자식이 남의 자식보다 더 예쁘고 내 가족이 더 소중한 이유도 마찬가지이다. 내 유전자를 나눠 가진 사람들이기 때문이다. 전쟁터에 나가서 죽도록 싸우는 사람들의 심정도 이해가 간다. 목숨을 걸고 유전자를 지켜야 하기 때문이다.

'여자는 약하지만 어머니는 강하다'라고 하지만 실상은 이렇다. 여자는 유전자를 물려줄 아이를 키워낼 자궁을 가

졌으니 함부로 앞장서지 말고 끝내 목숨을 부지해야 한다. 그 과정에서 자신은 약한 척하며 남성을 전쟁터로 내보냈다. 그런데 유전자를 이어받은 개체가 만들어진 후인 '어머니'의 입장이 되면 강한 자로 나설 수 있다. 그때는 목숨을 걸고 자기 유전자를 가진 자식을 지켜내야 한다. 남성과 여성 중 누가 우월한가를 오랫동안 이야기해왔지만 진짜 강한 자는 '유전자를 퍼트리고 보전하는 데 중요한 역할을 하는 존재'인 것이다.

인간을, 생물체를 그렇게 프로그래밍할 수 있는 존재는 역시 초월자 '신(神)'밖에 없다. '신'이 곧 '지천명'에서 말하는 '하늘'이 아닐까? 그러면 이제 나는 '하늘'의 뜻을 어느 정도는 알게 된 것 같다. 하늘은 유전자를 보전하라고 나를 이 세상에 보냈다. 물론 나뿐만 아니라 모든 생물체가 다 마찬가지이지만…….

이제 그 뜻을 알아차렸으면 그 임무에 더욱 충실하도록 노력하는 일만 남았다. 내 아이가 이 사회에서 낙오하지 않고 제대로 살아남아서 그 아이의 건강한 유전자가 또다시 퍼져나갈 수 있도록 남은 힘을 다해 도와주는 것이 그 임무이다. 그것은 다만 물질적인 지원의 문제가 아니다. 내가 건강하고 행복하게 사는 것이 내 유전자를 이어받은 내 아

이를 가장 확실하게 도와주는 일이다.

50세가 되어 업무 일선에서 조금씩 뒤로 밀리면서 자신이 이 사회에서 존재 가치를 어느 정도 잃었다고 생각되는 사람이 있다면 내 말에 귀를 기울였으면 한다. 우리 인간의, 생물체의 존재 가치는 유전자를 보전하는 것이다. 다만 난자를, 정자를, 유전자를 전달했다고 그 임무가 끝나는 것이 아니다. 인간은 자신이 퍼트린 그 유전자가 건강하게, 건전하게 대를 이어 나갈 수 있도록 우리의 삶이 다하도록 도와야 한다. 그 임무에는 퇴직도, 은퇴도, 심지어는 휴식도 없다. 최후의 그 순간까지 하늘이 내려준 사명을 다할 수 있도록 노력할 따름이다.

사랑의 모습은 변한다

성인이 되어 이성에 대해 좀 더 구체적인 관심을 갖게 된 딸아이가 어느 날 느닷없이 물었다.

"엄마는 아빠를 아직도 사랑해?"

갑자기 뭐라 대답해야 할지 말문이 막힌다.

"당연히 사랑하지. 사랑하니까 아직 함께 사는 거고. 엄마 아빠는 잘 싸우지도 않고 사이좋게 지내잖아."

우리나라 사람들은 대개 이런 정도면 그냥 사랑하고 있는 것으로 간주한다. 그런데 싸우지 않고 사이좋게 지낸다는 것이 사랑한다는 말을 대신할 수는 없다. 최소한 서양의 많은 사람은 그렇게 생각하는 것 같다.

물론 모든 사람이 다 그런 건 아니지만 영화 속 서양 사람들은 부부가 이혼하고도 서로 친구처럼 잘들 지낸다. 엄마 아빠가 각자 새로 생긴 애인 혹은 배우자를 데리고 와서 아이를 중심으로 함께 만나고 놀러가고 하는 모습은 영화에만 나오는 장면은 아닐 것이다.

그런데 우리나라 사람들은 왜 이혼하면 당사자들은 물론 양쪽 집안이 원수처럼 미워하고 길거리에서 마주쳐도 고개를 홱 돌리고 외면하게 되는 것일까? 난 이 점이 오래전부터 궁금했다. 이 궁금증에 대해 누군가 아주 그럴듯한 답변을 해줬다. 서양 사람들은 사랑하지 않으면 이혼하고 우리나라 사람들은 미워져야, 원수처럼 여기게 되어야 이혼하기 때문이라고 말이다.

그렇게 생각해 본다면 우리나라의 부부들은 사랑하니까 함께 사는 것이 아닐 수도 있다. 싸우지 않는다고 무조건 사랑하는 것이라고 볼 수도 없다. 아직도 아빠를 사랑하느냐고 묻는 딸의 질문에 내가 너무 궁한 대답을 한 것 같아 시키지도 않은 말을 덧붙였다.

"나이에 따라 사랑의 감정이 각기 달라지겠지. 20대에는 20대의 사랑이 있고, 50대에는 50대에 맞는 사랑이 있고. 결혼하고 20년 넘게 살았는데 아직도 손만 닿으면 저릿저

릿하고 가슴이 뛴다면 그건 심장병 환자이거나 어디 누전된 거 아닌가 살펴야 할걸?"

그렇다면 50대를 살아가는, 결혼한 지 20년이 넘은 사람들에 맞는 사랑의 감정은 과연 무엇일까? 딸과의 대화가 오고간 후 남편의 얼굴을 가끔 물끄러미 바라본다. 바로 지금 우리 사이의 사랑의 감정은 어떤 모습일까? 혹시 지나가버린 젊은 날의 사랑의 추억을 부여잡고 그것이 사랑인 줄로 착각하며 '식순(式順)에 의해' 그냥 살고 있는 것은 아닐까?

난 가끔 50대인 우리 나이에 맞는 사랑의 감정은 '서로가 안쓰럽게 여겨지는 것'이 아닐까 하는 생각을 한다. 무거운 짐을 들 일이 있으면 기운이 펄펄하던 남편도 허리며 팔이며 무릎이며 시큰거릴 테니 조금이라도 내가 덜어줘야겠다는 생각, 늙어가는 것을 서글퍼하면 다른 일로라도 용기를 북돋워 주고 싶은 마음, 그가 하고 싶어 하는 일은 내가 조금 희생을 하더라도 하도록 해주고 싶은 마음, 서로가 건망증 때문에 낭패를 당하지 않도록 챙겨주는 마음, 사고 나지 않도록 조심하라고 끊임없이 잔소리하는 마음. 이런 것들이 또 다른 모습의 사랑이 아닐까? 그렇다고 내가 무거운 물건을 무리하게 들 일도, 희생할 일도 별로 없다. 나

를 사랑하는 남편도 나에 대해 비슷한 감정을 갖고 있을 테니 말이다.

남편은 요즘 부쩍 내게 꾸준한 운동과 자신과 같은 취미 활동 갖기를 권한다. 운동을 권하는 것은 "당신과 가능한 한 건강하게 오래 살고 싶어"라는 표현이고 같은 취미 활동을 권하는 것은 "당신을 심심하지 않게 해주고 싶어" 혹은 "같은 취미를 즐기면서 늘 함께 있고 싶어"라는 간접적인 표현이라고 생각한다. 물론 이 말들 앞에는 "난 당신을 사랑하니까"라는 말이 생략돼 있고.

50대인 우리 세대의 평균수명은 100세가 될 것이라고 한다. 지금 평균수명이 80세라지만 그건 그야말로 영유아 사망의 경우까지 '평균'을 낸 수명이다. 실제로 '늙어 죽는' 사람들은 이미 100세 가까이까지 생명을 유지하고 있다. 신문에 실린 부고란을 보면 사망의 나이가 대략 두 부류로 나뉜 것을 볼 수 있다. 80대 후반 혹은 90대이거나 아니면 60세 전후이거나. 전자는 명(命)대로 산 사람이고 후자는 병이나 사고로 세상을 떠난 사람이다.

지금 20대 후반인 딸의 세대에는 평균수명이 120세가 될 것이라고 한다. 말이 쉬워 100세, 120세이지, 만일 이 얘기대로 된다면 지금 50대인 우리 앞으로도 50년을 더 살아야

한다. 우리 부부가 100세가 되면 딸은 70세인데 그 아인 우리가 죽은 후로도 또 50년을 더 살아야 한다. 벌써 성인이 된 딸아이는 평균대로라면 앞으로 100년 가까이 더 살게 된다는 얘기이다.

그런데 요즘 보면 과학의 발달보다 사회나 제도의 발달이 더 더딘 느낌이다. 평균수명은 무섭게 급속도로 늘어나고 있는데 정년퇴직 나이는 그 속도를 따라가지 못 하고 있다. 날이 갈수록 젊고 팔팔한 노인은 늘어나는데 그들이 할 일은 여전히 찾기 어렵다. 사회 제도는 평균수명 70세 시대에 아직 머물러 있는 것이다.

이러니 인간을 무조건 오래 살게 하는 게 능사가 아니다. 평균수명이 이렇게 늘어난다는 얘길 들으면 '오래 살아서 참 좋겠다'라는 생각보다는 '뭘 먹고살지?' '뭐 하고 살지?' '건강을 유지할 수 있을까?' 등의 의구심이 먼저 든다. 또 '외롭지 않게 살 수 있을까?' '누군가와 사랑하며 살 수 있을까?'라는 배부른, 그러나 어찌 보면 보다 절박한 걱정도 하게 된다.

우리 부부가 수명대로 해로한다면 20대 초반에 만나 80년을 함께 하는 셈이다. 얼마 전까지만 해도 부부가 함께 결혼 60주년을 맞이하는 일은 아주 드물었다. 마치 예

전에 환갑까지 산 사람이 드물어서 기념으로 잔치를 해주었듯 결혼 60주년을 기념하여 회혼례라는 잔치를 열어주기도 한다.

60년도 기념 잔치를 할 정도인데 하물며 80년이나……. 이 긴 세월 동안 사랑 없이 어떻게 견딘단 말인가? 수명이 길어지는 것은 사랑해야 하는 시간도 길어진다는 의미가 된다. 딸의 세대에는 결혼생활이 100년 동안 이어질 수도 있다. 아무리 세상이 예전과 달라졌다 해도 그 세월은 사랑하지 않으면 함께 갈 수 없을 정도로 긴 시간이다.

《모리와 함께한 화요일》이라는 책이 있다. 이 책에는 루게릭병을 앓았지만 주위 사람들에게 많은 교훈을 남기고 세상을 떠난 모리 교수의 마지막 가르침이 담겨 있다. 그 책 내용 중에 "서로 사랑하지 않으면 멸망하리"라는 말이 있다. 부부가 100년을 평균적으로 해로하는 세상이 오면 정말 말 그대로 사랑을 느껴야만 '멸망'에 이르지 않고 살아갈 수 있을 것 같다. 그러려면 나이에 맞는 사랑의 형태가 무엇인지 늘 연구하고 생각하며 그에 맞는 사랑을 해야 한다. 그 오랜 세월을 견디게 하는 힘은 사랑이고 더구나 가족끼리 사랑을 느낄 수 없다면 정말 '멸망'보다 더 처절한 고통 속에서 긴 여생을 보내게 될지도 모르기 때문이다.

20대 사랑의 모습만 생각하고 부부 사이에 사랑이 사라졌다고 생각하면 안 된다. 나이를 먹으면서 우리의 외모가 변하는 것을 자연스럽게 여기듯이 사랑의 모습이 변하는 것도 당연하게 여겨야 한다. 그리고 그 변한 모습이 무엇인지 찾아내 서로 그 사랑을 느껴야 한다.

중요한 것은 사랑의 모양이나 방법이 아니다. 내가 그를 사랑하고 있다는 사실을 느끼는 것이 가장 중요하다. 미움보다 더 나쁜 것은 무감각이다. 무감각은 삶을 무의미하고 지루하게 만들 것이기 때문이다. 자꾸 느껴볼 일이다. 아, 이게 내가 그를 사랑하고 있다는 증거로구나, 그는 나를 이렇게 사랑하고 있구나 하고 말이다.

쓴소리보다는 단소리

20년 넘게 하던 월급쟁이 생활을 접고 내 사업을 해보겠다고 나섰던 10여 년 전의 일이다. 어디서 무엇을 어떻게 할 것이며 추진 일정까지 다 결정한 후 친구들에게 예정된 나의 변동 사항을 알렸다. 그런데 친구 두 명이 절대 안 된다고 말리고 나섰다.

그중 한 명인 A는 일 년에 한 번 만날까 말까 하는 친구였다. 그런데 나의 사업구상 발표 이후 회사에까지 따로 나를 찾아와 적극 만류했다. 선불리 '그런 짓' 절대 하지 말라고……. 다른 결정은 이미 끝낸 그때 내게 필요했던 것은 "넌 능력 있으니까 뭘 해도 잘 할 거야. 힘내"라는 말이었

다. 그런 말을 하는 게 인사치레로 여겨졌는지 A는 내가 원하는 얘기는 절대 해주지 않았다. 오히려 내 사기를 꺾고 김이 새게 만드느라 여념이 없었다.

대학시절부터 친하게 지내며 아주 가까운 사이였던 다른 친구 B도 심각한 표정을 짓고 나를 만류했다. 절대로 하지 말라고, 아무나 사업하는 것 아니라고. 나는 20년 지기였던 B가 나를 '아무나'에도 못 미치는 인물로 평가하고 있는지 그제서야 알게 되었다.

그로부터 5년 후, 내가 사업장을 서울 강남으로 옮기겠다고 했더니 역시 대학 때부터 친하게 지내던 다른 친구 C가 눈에 쌍심지를 켜고 말렸다. 강남이 그렇게 녹록한 데인 줄 아느냐, 강남 가면 날고 기는 강사가 얼마나 많은데, 강남 아줌마들이 얼마나 똑똑한데……. 알았으니 그만하라고, 내가 다 알아서 한다고 말을 끊어도 C는 내가 수긍할 때까지 그치지 않겠다는 기세로 덤벼들었다.

다시 10년이 지난 후 나는 새로운 사업을 시작하게 되었다. 그동안 여러 가지 활동을 계속했고 어느 정도 인지도를 얻은 상태였다. 그런데 그들의 기운 빼기 공작은 여전히 계속되었다. 내가 한 달 수강료를 10만 원으로 책정하여 사업을 시작했다고 하니 B는 "5만 원도 비싸"라고 심각하

게 말했다. 어차피 내 결정이 변할 건 아니었다. 하지만 난 이왕이면 친구인 B가 내게 "넌 한 달에 100만 원을 받아도 아까운 강사야"라고 말해주길 바라고 있었다. 그런 바람이 과다한 욕심이었을까? 이후 나는 이들을 '나의 능력을 무시하는, 상종하기 싫은, 내 거취 변화에 대해 얘기해줄 가치도 없는 친구들' 리스트에 올려버렸다.

나도 예전엔 입바른 말의 대가였다. 친구랑 만나도 왜 그렇게 그 친구의 문제점만 보이던지. 물론 문제점을 그냥 지나치지도 않았다. 꼭 집어서 지적질 해야 직성이 풀리곤 했다. 내 딴에는 내가 못마땅해 하는 것을 들키지 않으려고 애도 썼다. 하지만 결국에는 속마음을 드러내 친구의 심정을 상하게 했다.

예를 들면 이런 식이다. 기껏 차리고 나온 친구에게, "예쁘긴 해. 근데 무슨 마음으로 그런 옷을 샀니? 그냥 궁금해서 묻는 거야"라고 하거나 새 구두나 새 가방을 산 친구에게 "난 누가 그런 디자인을 선택하나 했는데 그런 디자인을 찾는 사람이 있긴 있구나"라는 식으로 말하는 것이다. 그때 상대방이 특별히 기분 나빠할 것이라고 생각해본 적도 없다. 내게 입바른 소리를 하는 친구들도 내가 기분 나빠한다고 생각하지 않을 수도 있다. 심지어 그들은 이렇게

도 생각할 것이다.

"친한 친구이니까 이런 소리도 해주지, 친하지 않으면 내가 왜 이런 싫은 소리를 하겠니? 다 너를 위해서야."

당연히 나도 남에게 지적질 당하는 걸 누구보다 싫어한다. 내가 가장 듣기 싫어하는 말은 "너 더 살쪘다"이다. 그런데 몇 년 만에 만나서는 꼭 그 얘기부터 하는 사람들이 있다. 이 사람들도 역시 다 나를 위해서 하는 말이라고 했다. 그런데 살찌면 보기 좋지 않은 것은 물론 건강에도 안 좋다는 사실을 내가 몰라서 살찐 채로 살겠느냐 말이다. 그런 사람들에게는 무슨 말을 되돌려줘야 통쾌한 복수가 될까 소심한 연구를 한 적도 많다. 나에게 다이어트 정보를 주려고 애쓰는 사람도 마찬가지이다. 다이어트 정보야 30년 넘게 뚱뚱한 채 살아온 내가 더 많이 가지고 있지 않겠는가? 이 세상 모든 다이어트 중 안 해본 것이 없을 정도인 내 앞에서 주름을 잡으려 하다니, 괘씸하기까지 하다.

남이 하면 불륜이고 내가 하면 로맨스라 했던가. 남이 내게 하는 지적은 상대를 전혀 배려하지 않는 무례이고 내가 남에게 하는 지적은 상대를 위해서 하는 '쓴소리'라는 생각을 오랫동안 버리지 못하고 살아왔다.

그런데 남에게 쓴소리하는 습관을 버리고 '단소리'를 주

로 해야겠다고 맘먹은 계기가 있다. 성인이 된 딸에 대해 예전과 달리 생각하면서부터이다. 딸에게서 못마땅한 점만 발견하여 평가하다가는 자칫 멀쩡한 아이를 형편없는 인간으로 만들 수 있겠다는 생각이 어느 날 문득 들었다. 또 머리가 크니 쓴소리는 오히려 반발만 불러일으키곤 했다. 그래서 난 딸에게서 장점을 먼저 찾아보기로 했다. 그랬더니 정말 웬만한 '엄친딸'들도 가지지 못할 의외의 장점이 많이 발견되었다. 강한 책임감이나 검소함, 연세 드신 어른들에 대한 배려, 바른 언어의 사용, 정의감, 어려운 이웃에 대한 따뜻한 시선 등 딸의 장점은 셀 수 없을 정도로 쏟아져 나왔다.

이후 장점에 대해서는 말을 아끼지 않고 충분히 칭찬해 주고 단점의 지적은 최소한으로 했다. 딸이 사회에서 얼마나 성공하느냐가 부모로부터 인정을 받았는가에 따라 좌우된다는 연구가 있다. 특히 아버지로부터 인정을 많이 받은 딸이 사회적으로 성공할 확률이 높다는 것이다. 아닌 게 아니라 장점이 계발된 딸은 그동안 학교 등에서 받은 여러 가지 상처를 치유하고 자신감을 많이 회복했다. 자신감을 얻은 딸은 슬그머니 들이미는 단점의 지적도 긍정적으로 받아들이게 되었다.

딸이 "엄마, 나는 왜 이렇게 먹고 싶은 게 많을까?"라고 물으면 난 이렇게 대답한다.

"네가 꿈이 많아서 그래."

딸은 이 말을 자랑삼아 친구들에게 두고두고 들먹였다. 딸이 "오늘 말이 잘 안 통하는 외국인에게 손짓 발짓을 해서 그가 당초 예상하지 않았던 물건까지 팔았어"라고 얘기하면 나는 이렇게 말해준다.

"아마 이 세상에 너처럼 열심히 판매하는 사원은 어디에도 또 없을 거야." 내 말을 들은 딸은 눈이 보이지 않을 정도로 밝게 활짝 웃는다. 그럼 난 다시 또 덧붙여 말한다.

"너 웃는 모습은 정말 백만 불짜리야. 자주 활짝 웃어."

그 웃음으로 나도 딸도 하루의 피로가 모두 풀린다.

이런 칭찬 전략을 다른 사람들에게도 사용해보았다. 일단 내 마음이 편했다. 상대를 불편하게 한 것은 아닐까 하는 걱정은 덜 수 있으니 말이다. 내 말 한 마디로 상대의 표정이 환해지는 것을 보는 것은 얼마나 즐거운 일인가? 칭찬은 고래도 춤추게 한다는데, 좋은 게 좋은 건데 이제껏 나는 왜 그렇게 세모난 눈을 뜨고 주변 사람들을 불편하게 만들었을까?

물론 뚱뚱한 걸 날씬하다고 거짓말할 수는 없다. 다만

상대가 싫어할 화제는 거론하지 않으면 된다. 그런 화제를 다 빼버려도 할 얘기는 얼마든지 많다. 상대의 아픈 곳을 일부러 콕콕 찌른다 하여 그가 대오각성하여 행동을 변화시키거나 문제가 해결되는 것도 아니다. 특히 우리 또래는 굳이 얘기 안 해줘도 자신의 단점을 웬만큼 다 아는 나이 아닌가? 더구나 찾아보면 누구에게나 칭찬할 거리는 다 있게 마련이다.

얼마 전 만난 초등학교 동창이 내게 이런 말을 했다.

"너무 힘들다 생각하지 마. 삶의 질은 우리 친구들 중에 네가 가장 높잖아."

아! 이렇게 힘이 되는 말이 또 있을까? 남들은 인정 안 해주는 나만의 자부심을 찾아 그것을 칭찬해준 친구의 한 마디에, 한동안 축 처졌던 내 어깨가 다시 활짝 펴졌다. 그 친구가 그 말 하는 데 무슨 돈이 든 것도 아니고 양심에 거리낄 일을 한 것도 아니다. 이렇게 단소리를 하는 것은 어려운 일이 아니다. 상투적인 말도 아니다. 나에 대한 이해를 바탕으로 만들어진 단소리니 진정성도 느껴진다. 나도 앞으로는 이런 획기적인 단소리를 적극적으로 개발하고 보급해볼 계획이다. 내 가족, 내 친구들, 그리고 나 자신을 위해…….

치유를 위한 소설 쓰기

몇 해 전 소설 쓰는 공부를 하러 대학원에 다녔다. 두 학기짜리 단기 과정이었지만 1년 과정을 마치고는 학사모 쓰고 그럴듯한 수료식까지 했다. 적지 않은 등록금을 냈고 일주일에 이틀을 온전히 비워야 했으며 교통비에 주차비에 회식비에 모처럼 나를 위해 많은 투자를 한 셈이다.

이전에 소설이라곤 한번도 써보지 않았던 나는 이 강좌를 통해 소설을 쓰는 비법을 전수할 수 있을 것이라고 기대했다. 그런데 그곳에서 소설 쓰기의 기초는 가르쳐주지 않았다. 그곳에 모인 수강생들은 이미 단편소설 한두 편씩은 써본 사람들이었다. 오로지 나만 "소설은 어떻게 쓰는 거

지?"하는 표정으로 강의실에 앉아 있었다.

심지어 어떤 교수는 소설을 쓰지 말라는 얘기에 많은 시간을 할애하기도 했다. 문예창작과 출신으로 20대 후반에 등단하고 지금도 전업작가로 소설을 쓰고 있는 30대 후반의 미혼인 남자 교수. 그는 소설을 쓸 수 없는 첫 번째 요건으로 많은 나이를 들었다. 50세가 넘은 사람, 혼자 살며 절대 고독을 느낄 수 없는 사람, 결혼을 했더라도 글을 쓰기 위해 일주일 이상 가족과 떨어져 지낼 수 없는 사람, 최소한 하루에 세 시간 이상 자신만의 시간을 가질 수 없는 사람……. 이런 사람들은 애써도 안 되니 시간과 에너지 소비하지 말고 시작도 하지 말라고 했다.

물론 그 강의에는 50세 넘은 수강생이 더 많았다. 하지만 교수의 그런 말에 반론을 제기하는 사람은 한 명도 없었다. 내 귀에는 50세가 넘어서도 소설을 쓰는 건 할 수 있지만 그렇게 뒤늦게 시작하는 건 불가능하다는 얘기로 들렸다. 그러니 "아예 시작도 하지 말라"라는 교수의 얘기는 모두 나에게만 해당하는 얘기인 것 같았다.

반박이 목구멍까지 차오르는 것을 간신히 참고 눌렀다. 그렇다면 아예 수강생 모집 때부터 나이 든 초보자는 안 받는다고 할 것이지 왜 비싼 등록금 내게 하고 그런 좌절

감을 안겨주느냐고 따지고 싶었다. 하지만 내게 등록금을 받은 건 대학이지 교수가 아니었다. 따져봐야 헛일이 될 것이 뻔했다.

이미 발을 들여놓은 길은 일방통행로였다. 돌아가는 길은 없고 그곳에서 벗어나는 길은 직진하는 길뿐이었다. 선택의 여지가 없었기에, 나는 어쩔 수 없이 버티기 작전에 들어갔다. 길고 짧은 건 대봐야 안다고 큰소리치며 허세도 부렸다.

하지만 정말 1학기 내내 제대로 된 단편소설을 한 편도 못 썼다. 아니, 학기말쯤 기한에 밀리고 밀려서 간신히 한 편 써내기는 했다. 그런데 생애 최초로 써낸 내 소설은 합평회에서 집중포화를 얻어맞았다. 그건 소설이 아니라고, 분량까지 길어서 작품을 읽은 시간이 정말 아깝다고, 비문투성이라고, 같은 교실에 앉아서 수업을 듣던 사람들은 내게 거침없이 비난을 퍼부었다. 얼마 전까지 함께 차 마시며 식사하며 교수 흉도 함께 보던 그들도 더 이상 내 동지가 아니었다.

좌절한 나는 담당 교수에게 메일을 썼다. 한 학기가 끝났는데, 그래서 이제 한 학기밖에 안 남았는데 이를 어쩌면 좋으냐고. 교수는 바로 답장을 보냈다.

"황 선생님, 합평회에서 나온 의견 중에서 선생님에게 필요한 말만 참고하시고 나머지는 무시하셔도 돼요."

이런 교수의 답장도 내겐 위안이 되지 않았다. 나에 대한 비난도 모두 '참고할 의견'으로 여겨졌기 때문이다.

짬이 날 것 같았던 여름 방학에는 소설을 써야 한다는 생각조차 잊고 지냈다. 하지만 방학이 끝나서 다시 학기가 시작될 무렵 나는 긍정적인 방향으로 생각을 바꾸기로 했다. 그랬더니 지난 1학기가 허송세월로 여겨지지 않았다. 나이 50이 넘어 작가가 되겠다는 새로운 꿈을 꾸고 그 꿈의 실행을 위해 한 발을 내디딜 수 있었던 1학기는 커다란 선물과도 같은 시간들이었다.

2학기에 들은 다섯 개의 강좌에서 모두 작품 제출을 요구했다. 다른 사람들은 이미 써놓았던 작품을 내놓기도 했고 더러 과제 제출을 포기하기도 했다. 하지만 나는 다섯 편의 단편소설을 다 써보기로 마음먹었다. 세상에 노력해서 안 되는 일이 어디 있겠는가?

한 학기 동안 다섯 편의 단편소설을 모두 새롭게 써내겠다는 야심찬 내 계획에 교수도, 다른 수강생들도 모두 혀를 내둘렀다. 학교는 소설 쓰는 법을 알려주지 않았지만 나로 하여금 소설을 쓰도록 만들었다. 오기에서든 과제에

대한 의무감에서든 어쨌든 나는 단편소설 다섯 편을 완성했다.

소설 쓰기는 은근히 중독성이 있었다. 200자 원고지 80~90매의 단편소설을 쓴다는 것이 힘들고 고통스러운 작업임에는 틀림없다. 그럼에도 불구하고 자꾸 컴퓨터 자판에 손을 대게 되는 알 수 없는 마력이 있었다. 회식이 있는 날에는 잠시 늦겠다고 말하고 학교 컴퓨터실에서 소설을 썼다. 다른 사람 합평 시간이 지루하면 메모하는 척하며 소설을 썼다. 나는 그렇게 쓰고 또 썼다.

그 과정에서 나는 소설 쓰기의 결정적인 효용을 알아내게 되었다. 그것은 마음속에 감춰두었던 내 아픔을 모두 꺼내 객관화할 수 있다는 것이다. 소재를 찾기 위해 내 과거의 상처는 물론 일가친척의 아픔까지 모두 들추어내게 되었다. 내 딴에는 50년 동안 숨겨놓았던 비밀스럽고 부끄러운 경험을 용기를 내어 소설로 써낸 것이다. 그런데 합평을 위해 내 소설을 읽은 사람들은 그 정도가 무슨 아픔이냐고 얘기했다. 흔하디흔한, 이제까지 너무도 많은 사람이 다뤄왔던 소재라는 것이었다. 그 얘기를 듣고 다시 읽어보니 소설 속 이야기들은 정말 별일 아닌 평범한 일들이었다.

다른 사람들도 마찬가지였다. 암으로 죽어가는 언니를

버려두고 도망쳐 나와 대학에 진학했다는 사람, 술자리에서 울먹거리며 고백했던 그 이야기를 소설로 썼을 때 우리 모두 이렇게 외쳤다.

"그때 네가 떠나지 않았으면 어떻게 했을 건데? 같이 죽어? 그게 무슨 얘깃거리가 돼?" 10년 전에 돌아가신 어머니의 죽음을 아프게 떠올리던 사람도 있었다. 그에게는 커다란 시련이고 아픔이었을 것이다. 하지만 성년이 된 후 부모를 잃은 사람을 보는 주위의 시선은 밋밋하기만 하다. 정신병에 걸린 어머니를 외면한 이야기, 언니가 자살하기 전 차라리 죽으라고 막말을 했던 오빠 이야기, 무관심 때문에 제자의 자살을 막지 못한 선생님 이야기, 느닷없는 파산으로 길거리에 나앉았던 이야기, 사기 결혼에 시댁의 학대 등, 개인에게는 씻을 수 없는 상처였지만 소설로 써놓으면 주위에 널린 이야기가 되었다.

이제껏 살아온 인생이 고달프다는 생각이 드는 사람일수록 소설을 써볼 일이다. 물론 소설을 써서 기발한 상상력을 인정받아 공모에 당선하고 유명한 작가가 되는 것은 어려운 일이다. 하지만 자신의 이야기를 있는 그대로 쓰는 것은 어려운 일이 아니다.

가끔은 소설 속에서 자신이 가지 않았던 길로 들어서게

해보는 것도 좋다. 스스로는 용기가 없어서 선택하지 못했던 길로 과감하게 들어서게 함으로써 대리만족도 느낄 수 있다. 그랬을 때 자신의 모습이 얼마나 변했을지를 상상하는 것도 멋진 일이다. 소설을 쓰면 자신의 삶을 객관화할 수 있다. 그래서 마음속에 품고 있던 상처를 남의 일 보듯이 담담하게 대할 수 있다. 치유는 여기서부터 시작된다.

나이 든 사람은 소설 쓰지 말라는 그 교수의 말은 틀렸다. 나이 든 사람일수록 소설을 써야 한다. 삶의 길이가 길면 그만큼 치유해야 하는 상처도 많게 마련이니까. 상처를 치유하는 데 소설만큼 좋은 도구가 없으니까.

부를수록 좋은

중학교 2학년 때 고시조를 배우면서 친구들 사이에 때 아닌 호(號) 짓기 열풍이 불었다. 저마다 옥편을 뒤져서 뜻 좋고 소리가 예쁜 호를 짓느라 애를 썼다. 그때 스스로 지은 내 호는 '엽성(葉聲)'이었다. '잎 엽'자에 '소리 성'자를 더해 '나뭇잎 소리처럼 잔잔한 소리를 내는 사람'이라는 아주 겸손한 뜻의 호를 지었다. 한자의 어순에 맞게 풀이한 것인지는 아직도 확인해보지 않았지만 나는 40년이 지난 지금까지도 이 호를 사용하고 있다.

다른 친구들도 저마다 경쟁적으로 호를 지어 가졌지만 다 흐지부지 잊은 듯했다. 단 한 명의 친구가 나처럼 열심

히 호를 활용했을 뿐이다. '효전(曉田)'. 그 역시 어순이 맞는지는 모르겠지만 '새벽 밭'이라는 뜻으로 지었다 했다.

그 친구의 호를 부를 때면 아직 안개가 채 걷히지 않은 새벽 밭의 아련한 풍경, 거기에 일하러 나온 부지런한 농부의 미덕이 눈앞에 그려지곤 했다.

그 친구와 나는 손으로 쓴 편지를 무척 열심히 주고받았다. 같은 반이라 학교에서 매일 만났지만 집에 와서 우편으로 전달된 편지를 뜯어볼 때는 늘 새롭고 가슴이 벅차올랐다. 편지는 '엽성에게'로 시작하여 '효전 씀'으로 끝났다. 물론 나도 '효전에게'로 시작하여 '엽성 쓰다'로 끝나는 편지를 수없이 우송했다. 우리는 정말 열심히 호를 사용했다. 그땐 중학생에게도 그런 낭만과 여유가 있었다.

옛날 양반집 남자들에게는 이름이 여러 개 있었다. 집안 어른들이 심혈을 기울여 지어준 진짜 이름 외에도 아명이 있고 관례를 치르면 지어주는 '자(字)'라는 이름, 허물없이 부르기 위해 지은 이름 '호' 등이 있었다. '자'나 '호'를 여러 개 지을 수도 있었다.

물론 여자들에게는 이름 하나 안 지어줘서 그녀가 머무르던 집의 이름을 이름 대신 부르기도 했다. 그것도 양반집, 좀 먹고살 만한 집의 얘기다. 그런 이름을 '당호'라고 하

였는데 신사임당의 '사임당', 의유당 김씨의 '의유당'도 다 당호이다. 지금으로서는 여자들에게 이름을 지어주지 않았던 것은 당연히 말도 안 되는 얘기다.

나는 예전처럼 상황에 맞게 이름을 여러 개 지어 갖는 것이 바람직하다고 생각한다. 나이가 들면서 그런 생각은 더욱 절실해진다. 일요일마다 참가하는 등산 모임이 있는데 주요 구성원의 평균연령이 60대 후반이다. 구성원 모두 왕년에 한 가닥 했든지 아니면 현재도 남 앞에 나서는 자리에서 일하고 계신다. 그들은 서로를 부를 때 직함에 성씨를 붙여 부른다. A교수, B사장, C회장, D이사장, E작가 등이다. 그러다 보니 성과 직업이 같으면 A교수나 B사장, C회장, D이사장, E작가가 여러 명 될 수도 있다. 저마다 자신들의 이름이 따로 있을 텐데 서로 개성 없는 호칭을 사용하고 있는 것이다.

그 모임에서 나는 황 작가라고 불린다. 다행히 황씨 성을 가진 작가가 아직 그 모임에 나타나지 않아서 그 호칭은 내가 독점하고 있다. 하지만 사진작가인 남편의 경우 윤 작가로 불리는데 글을 쓰는 윤 작가가 한 명 더 있어 누구를 부르는지 헷갈릴 때가 있다. 그런저런 이유로 문득 그런 호칭이 참 무성의하고 의미 없다고 생각하게 되었다.

그렇다고 60세가 넘거나 60세를 바라보는 사람들끼리 '아무개 씨'하고 이름을 부르기도 좀 뭣하다. 사실 연세 드신 분들이 친구 사이라고 "야, 자"하는 것도 별로 좋아 보이지 않는다. 더러 그 모임에 제자나 후배가 함께할 때는 더욱 민망하다.

생각하기에 따라 결론이 달라질 수는 있다. 호칭이 뭐 그리 중요하며 나이 들어 이름을 막 부르는 것이 뭐 이상하냐고 하면 별 할 말은 없다. 다만 내 생각은 그렇지 않다는 것이다. 그 사람의 나이와 지위, 관계에 맞는 호칭을 불러줘야 한다는 것이 내 생각이다. 며느리에게 "새아기야!"하고 부르지 않고 이름을 부르는 것이나 손아래 시누이에게 "아가씨"라고 부르지 않고 그냥 이름을 부르는 요즘의 추세도 나는 못마땅하게 생각한다. 고유 호칭과 함께 거기에 담겨 있던 예법과 존중도 사라지는 것 같아서이다.

동창생 사이라고 그 시절 부르던 대로 상대를 마구 대하는 것도 질색이다. 만나자마자 고등학교 시절에, 초등학교 시절에 했던 대로 욕부터 해대기 시작하는 친구도 만난 적 있다. 좀 심하게 얘기하자면 그런 친구는 친구로 길게 만나고 싶은 생각이 없다. 나를 존중하지 않는 것 같아서이다. 욕심인지는 모르지만 '지금의 나'로 인정해주는 사람과 친

구 관계를 유지하고 싶다.

요즘도 그러는지는 모르겠지만 예전에 내가 어렸을 적만 해도 자식이 나이가 들면 부모라도 마구 '해라' 하지 않았다. 높은 관직에 나간 아들에게 존칭을 붙여주는 어머니의 화법이 어려서는 부모에게, 자라서는 남편에게, 늙어서는 아들에게 복종해야 하는 '삼종지도(三從之道)'의 잔재라고 비판할 수도 있겠다. 하지만 나에게는 그런 화법이 점잖은, 본받아야 할 화법으로 들린다.

또 사회생활을 하다 보면 내 후배가 다른 조직에서 동기의 선배인데 셋이서 함께 만나야 하는 경우도 가끔 생긴다. 내 후배의 후배가 나의 스승이었던 적도 있다. 그런 복잡한 관계에서는 당연히 후배에게 깍듯이 대우해야 한다. 이름 함부로 부르지 말고 반말지거리 하지 말고……. 그렇다면 그런 자리에서 후배의 이름을 불러야 할 때는 어떻게 하나? 아무개 씨라고 불러야 하나? 그래서 내가 호와 같은 별칭을 만드는 것이 바람직하다고 주장하는 것이다. 인터넷 동호회에서 쓰는 별명 말고 남들 앞에 진지하게 내놓을 수 있는 점잖은 호가 좋을 것 같다.

호를 부르는 문화는 현대에까지 이어져 왔다. 지금도 연세 드신 분들 중에는 호를 가진 분이 많다. 그분들에게 호

는 장식품이 아니라 가까운 사람들 사이에 실제 불렀던 제2의 이름이었다. 호는, 이름은 존중하여 함부로 부르지 않되 친근감은 유지해주는 역할을 한다.

예전에 호는 대개 그가 살던 동네의 이름을 따서 지었다고 한다. '율곡'이나 '퇴계'도 그런 맥락의 작명이다. '다산'이란 호로 잘 알려진 정약용에게는 '삼미자(三眉子)'라는 호도 있다. 눈썹이 셋인 아이라는 뜻인데 어린 시절 생긴 흉터로 눈썹이 끊어져 세 부분으로 보인다 하여 그의 아버지가 지어준 호라고 한다. 최근에 이런 이야기들을 함께 나누던 한 사람이 내게 말했다.

"저는 경기도 광주 오포에 사는데 호를 '오포'라고 지어야 할까요?"

나는 그 자리에서 '나 오(吾)'자와 '농사일을 하는 사람'이라는 뜻의 '포(圃)'자를 찾아줬다. 어순에 따라 '나, 농사짓는 사람'이 될 수도 있고 '농사짓는 나'가 될 수도 있다. 어쨌든 졸지에 오포 선생이 된 그는 새로운 자기 호에 무척 만족했다.

"번잡한 도시에서 떠나 조용한 농촌에 가서 살고 싶었는데 제 소망이 그대로 담긴 호네요. 진짜 농사는 못 짓더라도 '자식 농사'처럼 인생 모든 일을 '농사'에 견줄 수 있으니

정말 의미가 맘에 꼭 듭니다."

그 뒤로 나는 그를 꼭 '오포 선생'이라고 부른다. 이름은 자꾸 불러줘야 그 진가를 발휘하는 것이니까. 예전에 '정 선생님' 혹은 '정 교수님'이라고 불렀던 것보다 훨씬 정감이 간다. 이름에 그의 성품이 그대로 묻어나는 것 같고 정말 꼭 집어 그를 호칭한다는 느낌이 든다.

나이가 들면 호를 짓고 그 호를 이름 대신, 직급 대신 서로 불러주는 문화가 부활했으면 좋겠다. 이 시대에는 여자들이 훌륭한 뜻의 호를 지어 가져도 뭐랄 사람이 없으니 나도 나와 관련된 동네 이름을 따서 호를 하나 다시 지어야겠다. 청명역 근처에 사니 '청명'이라 지으면 어떨까? 맑고 밝게 살려는 나의 염원이 드러난다고 남들도 인정해줄까? 아니면 너무 가식적이라고 비웃을까? 다른 사람들이 어느 쪽으로 받아들일지는 내가 살아온 삶이 결정해줄 것이다.

솔직함=당당함

나 어릴 적만 해도 먹는 것에 초연한 것을 미덕으로 여겼던 것 같다. 당시는 전 국민이, 아니 전 세계인이 먹고살기 힘든 때였다. 그런 상황에서 먹는 것에 관심을 안 보인다면 그는 웬만큼 '사는' 사람이었을 것이다. 한마디로 없는 티를, 못 먹고사는 티를 안 내려고 먹을 것이 눈앞에 어른거려도 관심 없는 척했던 것이다. 먹고 싶은 것은 당당하게 먹고 싶다고 자신의 의사를 거침없이 표현하는 요즘 사람들의 눈으로 보면 이상한 일로 여겨질지도 모르겠다. 하지만 그땐 정말 그랬다. 아니면 내 주변 분들만의 성격적 특성이었는지도 모르겠다. 그분들은 "그 음식 좋아하시나 보

다, 많이 드셨다"라고 좋은 뜻으로 더 챙겨드리려 하는 말에도 손사래를 치며 많이 먹었다는 사실을 극구 부인하셨다. "내가 얼마나 먹었다고. 그냥 맛만 봤구먼"하는 식으로 말이다.

사실, 어린시절 나에게도 "재는 고기를 좋아해"라는 말은 비아냥거리는 소리로 들렸다. 먹을 것, 그중에서도 고기나 밝히는 '속된 인간'이라는 소리로 들렸던 것이다. 실제로 해산물을 주로 먹었던 친정에서는 고기 좋아하는 사람을 '고기 뽄내미'라고 놀리기도 했다. 그래서인지 어디 가서 좋아하는 음식 앞에, 혹은 맛있는 고기 앞에서도 "이 음식 내가 정말 좋아하는 건데", "나는 고기를 정말 좋아해. 그러니 많이 먹을 테야"하고 적극적으로 달려들지 못했다.

그런데 학보사 기자로 일하던 대학시절에 놀라운 사건을 목격했다. 당시 학보사는 학교 안 깊숙이 자리하고 있어서 교문 밖에 나간 후배들은 뭐 사 올 것이 없는가 전화로 확인하곤 했다. 그때 한 선배가 수화기를 넘겨받아서 큰소리로 후배에게 심부름을 시켰다.

"들어올 때 학교 앞 치킨 집에 들러서 프라이드치킨 많이 사 와. 나는 고기라면 사족을 못 쓰거든."

물론 나도 프라이드치킨을 무척 좋아했다. 그런데 그 사

실에 대해 한번도 그렇게 목청 높여 말해본 적이 없다. 그 선배의 통화 내용에 놀라 곧 맛있는 음식을 먹게 될 것이라는 기대는 뒷전이 되었다. 그때까지 음식에 대해, 특히 고기에 대해 '초연함'을 가장하고 있던 내게 그 선배의 당당함과 솔직함은 충격에 가까웠다.

그 후 눈여겨보니 그 선배는 모든 일에 당당하고 자신만만했다. 그는 그냥 만용을 부리는 것이 아니라 그런 겉모습에 걸맞은 내실을 갖추기 위해 남다른 노력을 기울이는 사람이었다. 그 선배는 내가 학보사 편집장을 하는 동안 나의 멘토였다. 그만큼 언제나 믿을만한 판단을 내리는 선배였다. 그 사건(?)과 선배의 태도를 통해 나는 감추기보다는 솔직하게 자신의 욕구를 표현하고 그것을 얻기 위해 부단히 노력하는 것이 더 현명한 태도라는 걸 배우게 되었다.

그러나 그 후에도 나는 그다지 솔직한 인간이 되지 못했다. 천성적으로 감정 표현에는 특히 인색했다. 좋은 걸 봐도 그냥 속으로 '좋구나'하고 마는 정도였고, 슬픈 영화를 보면서 눈물이 나는데도 안 우는 척하려고 얼굴 근육이 아프도록 눈물을 참곤 했다. 그런데 그런 틀을 깨게 된 계기가 한 번 더 있었다.

직장생활 중 1년 동안 디자인 회사에 근무한 적이 있었

다. 미대 교수였던 그 회사의 사장은 감정을 유난히 적나라하게 드러내는 사람이었다. 맛있는 걸 보면 군침이 흐른다는 표현부터 시작하고, 예쁜 걸 보면 "죽여주게" 예쁘다고 꼭 말로, 표정으로 나타내곤 했다. 또 어느 날은 자기가 좋아하는 팝송 가사를 복사해서 전 직원에게 돌려주고 "이 가사 좀 음미해봐. 정말 끝나게 좋지 않냐?"하며 그 노래를 하루 종일 틀어준 적도 있다.

그 사람을 보면서 나는 자신의 감정을 표현 안 하는 것이 더 이상 미덕이 아니라고 생각하게 되었다. 즐거우면 소리 내어 웃고 슬픈 것을 보았으면 손수건으로 눈물을 닦으며 펑펑 울어야 정신 건강에 좋을 것 같았다. 그래야 즐거움은 증폭되고, 슬픔은 분산이 되고, 아름다운 것을 아름답게 보는 눈도 길러지며 덩달아 스트레스도 얼마만큼은 해소가 되는 것 같았다. 감정에, 나 자신에 솔직해져야 한다고 느낀 것이다.

언젠가 이런 일이 있었다. 얼굴을 모르는 사람과 처음 만날 때 나를 찾게 하기 위해 "뚱뚱한 50대 아줌마를 찾으라"라고 했더니 상대방이 놀라워했다. 그렇게 자신의 약점을 솔직하게 드러내는 사람은 처음 봤다는 것이다. 아니, 약점이라니, 난 현상 그대로, 사실 그대로를 표현했을 뿐인데.

내 외모 중 가장 확실한 특징은 뚱뚱한 건데 그럼 그 특징을 얘기 안 해줘서 서로 알아보지 못하고 헤매야 했단 말인가? 그때 이후 나는 굉장히 솔직하게 자신을 표현하는 사람이라고 스스로 생각하게 되었다. 그럼 지금도 솔직하게 살고 있을까?

몇 년 전 주택청약예금을 해약하러 은행에 갔다. 10년 넘게 묻어둔 청약예금이지만 더 이상 새 아파트를 분양받는 것이 매력 없어진 것 같아 해약하기로 한 것이다. 물론 그럼에도 여유가 있었다면 그 예금을 해약하지 않았을 것이다. 해약하는 가장 큰 이유는 당연히 돈이 없으니 그 돈을 찾아 당장의 생계비에 보태겠다는 생각이었다.

그동안 수없이 많은 예금을 해약해본 나는 창구 직원이 왜 해약하려 하느냐 반드시 묻는다는 걸 알고 있었다. 그래서 은행까지 가는 동안, 어떤 사유를 대야 가장 폼나게 보일 수 있을까, 아니 어떻게 해야 10년이나 부어온 저축까지 깨야 할 만큼 궁한 나의 처지를 드러내지 않을 수 있을까 하고 여러 가지로 연구했다. 연구 결과 나름대로 대답을 준비하고 직원과 대면하게 되었다. 아니나 다를까 직원이 물었다.

"이렇게 오랫동안 가지고 계시던 예금을 왜 해약하려 하

시나요?"

"통장도 정리하고 주변 정리를 하려고요."

막상 말해놓고 나니 별로 폼나게 들리지 않는다.

"이제 분양 아파트가 별로 메리트가 없잖아요."

이것도 아닌 것 같다.

"적금식으로 붓는 청약저축이 하나 더 있거든요."

이건 더더욱 아닌 것 같다.

"이 은행과 더 이상 거래하고 싶지 않아서요."

개인적으로 궁금해서라기보다는 은행 방침에 따라 사유를 물어봤을 직원은 내가 읊어대는 사유에 이미 더 이상 관심을 가지지 않는다. 그런데도 나만 계속 중언부언하고 앉아 있었다. 그런데 다른 사유를 대면 댈수록 오히려 점점 내 모습이 초라해지는 것만 같았다.

차라리 처음부터 솔직하게 "돈이 없어서요. 예금 깨는 사람한테 다른 사유가 뭐 있겠어요?"라고 당당하게 말하는 게 훨씬 더 화끈하고 폼날 뻔했다.

나는 여기서 또 한번 깨달았다. 더욱 더, 훨씬 더 많이 솔직해져야 한다는 것을. 솔직함이 나를 당당하게 만든다는 것을.

그 후 인터넷을 뒤지다가 나도 모르고 있던 주식 계좌가

있다는 것을 알게 되었다. 팔면 몇십만 원 정도 되는, 정말 생각지 못했던 횡재였다. 평소 주식 투자를 하지 않던 나는 인터넷에서 주소를 찾아 증권회사로 당장 달려갔다. 얼른 돈 찾아 집으로 돌아가 가족들과 맛있는 음식이나 사먹어야겠다는 생각에 골몰하고 있는 내게 증권사 직원이 또 다른 상품을 권했다. 나는 그 직원의 눈을 똑바로 보며 그의 말을 끊었다.

"시세도 안 알아보고 현재 가격으로 파는 것 보면 모르겠어요? 돈이 궁해서 파는 것이지요. 그런 사람에게 뭣 하러 다른 상품을 권해요?"

정말 그 직원은 아무 생각 없이 매뉴얼에 따라 상품 권유를 했을 것이다. 그런데도 솔직하게 내 처지를 말하고 나니 오히려 나 자신이 당당하게 느껴졌다.

남 앞에 당당해지려면 앞으로도 수없이 많은 훈련이 필요할 것 같다. 아름다운 것을 보면 소리 내서 감탄하고, 사랑하는 사람을 만나면 와락 끌어안고, 내가 좋아하는 음식을 보면 즐거워하며 달려들고, 슬프면 눈물을 감추려들지 말고……. 가장 중요한 것 하나 더! 내가 나름대로 공들여 살아온 내 인생에 대해 숨기려 하지 말고…….

부드러운 것이 강하다

요즘 내게는 세상의 모든 음식이 두 가지 종류로만 나뉘어 보인다. 단단한 음식과 부드러운 음식. 씹지 않아도 되는 음식과 꼭 씹어야 하는 음식. 고질적인 잇몸 질환을 근본적으로 해결하기 위해 대대적인 치아 공사에 들어갔기 때문이다. 간단하게 말하자면 양 위쪽 어금니를 거의 다 빼 버렸다는 얘기다.

이빨이 이렇게까지 망가진 계기는 전적으로 나의 무신경함에 있다. 30대 초반, 아침에 회사에 출근하다가 갑자기 심한 치통으로 회사가 아닌 치과로 직행한 적이 있다. 의사는 충치가 너무 심해 이빨을 빼는 것 외에는 다른 방법이

없다고 했다. 별다른 망설임 없이 과감히, 속 시원히(?) 어금니 하나를 뺐다. 치과 의사는 이빨 뺀 상처가 아물면 다시 와서 어떤 후속 조치를 할 것인지 논의하자고 말했다.

그런데 그날 이후 까맣게, 정말 까맣게 내가 어금니 한 개를 뺐다는 사실을 잊어먹었다. 몇 년이 지난 후 그 앞쪽 어금니가 흔들렸다. 심하게 흔들릴 때까지 버티고 또 버티다가 치과에 갔는데 의사가 내게 놀라운(?) 말을 했다.

“뒤에 어금니가 하나 없으시네요? 그래서 그 앞쪽 치아가 흔들리게 된 겁니다.”

“뒤에 어금니가 없다고요? 그게 대체 어디로 갔지요?”

몇 년 전 출근길에 어느 허름한 치과에서 어금니 하나를 허겁지겁 뺐다는 사실을 기억해 내기까지는 몇 분의 시간이 걸렸다. 아무튼 그래서 어금니 하나를 또 뽑았다. 그러고도 버텼다. 음식은 다른 한쪽으로 씹으면 되니까.

“잇몸 치료를 않고 이대로 방치하면 조만간 전체 틀니를 해야 할 겁니다”라는 치과 의사의 협박(?)을 받은 건 내 나이 30대 후반의 일이다. 그 협박에 넘어가 대대적으로 치료를 하겠다고 결심했다. 그런데 치과 의사가 의외의 말을 했다. 원장이 유럽 출장 중이고 2주 후에 돌아오니 그때 함께 상담해보자는 것이었다. ‘쇠뿔도 단김에 빼라’라는 말이 괜

히 생겼겠는가? 단김에 안 빼면 그만큼 일을 진행하기 어렵다는 조상들의 지혜에서 나온 그 말이 실감되었다.

아무튼 새삼스럽게 치과에 다시 찾아가기까지 2주의 공백은 나에게 너무 길었다. 무슨 배짱이었는지 이런저런 이유로 버티기 작전으로 들어갔다. 치과 치료 자체가 싫어서, 직장생활 하느라 시간이 없어서, 목돈 들어가는 게 두려워서, 무엇보다 견딜 만해서였다.

어느 날 새로운 사실을 알게 되었다. 상어는 이빨이 빠지면 계속 새 이빨이 난다는 것이다. 상어의 DNA와 결합하여 인간의 이빨도 무한리필 되게 해주는 연구는 안 하는지, 치의학 박사인 친구에게 물어봤다가 말이 되는 소리를 하라며 핀잔만 들었다.

"그런 연구도 안 하고 치의학자들은 대체 뭘 연구한다는 거야?"

민망해서 한 말이었지만 난 정말 이빨이 무한리필 되는 치의학 기술의 혜택을 받을 수 있기를 지금도 진심으로 기대하고 있다. 상어 이빨에 대해선 연구를 안 하지만 악어 이빨에 대해서는 연구를 한다니까 말이다.

그 후 이빨 전체를 크게 손본 적은 한번 있다. 40대 초반의 일이다. 그때 전면적인 치과 치료를 결심하게 된 이유는

별게 아니다. 양쪽 어금니가 다 망가져서 음식을 전혀 씹을 수 없었기 때문이다. 나랑 동갑이던 의사는 당시 이렇게 말했다.

"대개 이빨이 이 정도로는 망가져야 치과에 오지요. 그런데 그 나이가 조금 이르긴 하네요."

그때 큰맘 먹고 수리해서 한 15년 썼으니 이번에 다시 대대적인 보수가 필요한 건 당연하다. 목돈이 들어간다 해도 한번 제대로 손봐 놓으면 앞으로 최소한 10년 동안은 신경 안 쓰고 살 것을 생각하면 용납 못할 만큼 억울한 일도 아닌 것 같다. 이렇게 생각하니 마음마저 편해졌다.

결심은 했지만 어금니 여섯 개를 빼는 게 어찌 쉬운 일일까? 그런데 한 쪽에 세 개씩 두 차례 빼고 나니 그것도 별일 아니었다. 오죽하면 "앓던 이 빠진 듯 시원하다"라는 말이 있겠는가? 오히려 곁에서 지켜본 남편이 놀라 입을 다물지 못한다. 하지만 나는 태연하다.

"이 익숙함과 편안함의 정체는 뭐지?"

남편의 친구인 치과 의사는 제대로 씹지 못해 삶의 질이 떨어질 것이라고 말했다. 나는 코웃음을 치며 의사에게 당당하게 말했다.

"삶의 질은 먹는 것으로 결정되는 것이 아니지요."

어금니가 없는 채로 살아야 하는 기간은 두 달 정도. 처음 생각엔 이 기간 동안 우유에 미숫가루나 타서 먹고 모든 조리를 믹서에 의존해야 할 것 같았다. 그래서 그 두 달을 강제 다이어트의 기간으로 삼기로 했다. 질적 변화는 아니더라도 제대로 씹지 못하는 것을 계기로 몸의 양적 변화는 꾀하고 싶었다.

그런데 두 달 동안 제대로 먹여주지 않을 것을 눈치챘는지 내 몸은 생존 본능을 발휘하기 시작했다. 유동식 말고 제대로 된 음식을 먹어야 한다는 욕구가 샘솟기 시작했다. 그래서 신경을 써서 내가 먹을 수 있는 식품들을 골라보니 의외로 부드러운 음식이 많았다. 죽은 물론 두부, 호박, 감자, 가지 같은 흐물흐물, 푸석푸석한 식재료로 만든 음식을 좋아하는 내게 삶의 질적, 양적 변화는 일어나지 않았다. 오히려 이제껏 왜 그렇게 단단한 음식을 많이 먹어 이빨과 위장을 혹사시켰나 후회가 될 정도였다.

대부분의 음식은 혀와 입천장으로 녹여 먹고 어느 정도 씹어야 하는 음식은 앞니로 '욤욤욤, 쫍쫍쫍' 씹어서 먹는다. 물론 가능하면 앞니를 사용하지 않는다. 앞니는 어금니에 비해 쉽게 흔들린다니까. 제대로 씹지 못하니 자연히 소식(小食)하게 된다. 음식을 덜 씹어 넘기니 조금이라도 방

심하여 과식하면 바로 소화가 안 된다. 그러니 내 소화기관이 거친 음식을 감당할 수 있을 만큼만 먹어줘야 한다.

딱하다는 표정을 연신 짓던 남편이 말한다.

"하긴 나이 들어 이빨이 약해지는 것도 신의 섭리 중 하나일지도 몰라. 소화기관은 약해지는데 이빨만 튼튼하면 계속 거친 음식을 먹어댈 테고 그러면 소화기관에 더 많은 무리가 가겠지. 우리는 몸의 여러 부분이 여기저기 한꺼번에 망가진다고 한탄하지만 여러 기관에 노화가 나란히 오는 건 당연한 일이야. 그것도 일종의 조화인 것이지."

문득, 나이가 들면서 단단한 것을 피하지 않고 정면으로 부딪쳐 굳이 꽉꽉 씹어 먹으려 하는 것은 무리한 짓이라는 생각이 든다. 찾아보면 단단한 음식이 아니라도 내 입을, 내 몸을 즐겁게 해줄 것은 얼마든지 있다. 마찬가지로, 세상의 여러 가지 일도 내 안에서 부드럽게 녹여낼 수 있어야 내 삶이 수월해질 것이라는 생각도 든다.

중국의 철학자 상용(商容)이 제자인 노자(老子)에게 물었다.

"내 입속을 보아라. 무엇이 보이느냐?"

"이빨은 보이지 않고 혀만 보입니다."

"무엇을 알겠느냐?"

"딱딱하고 센 것은 없어지고, 약하고 부드러운 것은 끝까지 남는다는 말씀이시군요."

그러자 스승이 돌아누우면서 말했다.

"천하의 일을 다 말했느니라."

부드러움이 딱딱한 것보다 강하다. 끝까지 살아남는 것은 부드러운 것이다. 다시 어금니를 장착해도 계속 부드러운 음식만 먹으며 살 작정이다. 세상 모든 일을 가능한 한 부드럽게 받아들여 내 안에서 녹여가며 살아볼 작정이다.

그냥 넘어가자

모처럼 친구들이 모이면 으레 수다의 장이 펼쳐지게 마련이다. 나이를 먹을수록 수다스러워지는 건 여자든 남자든 상관없는 공통의 현상인 모양이다. 젊은 애들처럼 게임에 빠져 정신없이 컴퓨터 자판을 두드리는 것도 재미없고 공을 들고 운동장으로 뛰쳐나가기도 조심스럽다. 예전 생각만 하고 열심히 공을 쫓아다니다가 아차 사고라도 나면 큰 낭패를 볼 수 있다. 뼈라도 부러지면 회복도 잘 안 된다. 그러니 아직까지 비교적 팔팔한 입 근육을 움직여 즐거움을 찾는 게 안전한 방법일 수도 있다.

하지만 친구들과 함께 나눈다 해서 모든 화제가 다 즐거

운 건 아니다. 상대와 생각이 달라 논쟁을 하다가 모임의 분위기를 서늘하게 만들어버리는 경우도 숱하다. 그런 문제는 우리나라 사람들에게만 해당하는 건 아닌 듯하다. 탈무드에 보면 '나이가 들면 입은 다물고 지갑은 열어라'라는 경구가 있다. 그런데 이런 경구를 들어본 적이 없는지, 아니면 이론적으로는 알고 있지만 실천이 어려운 건지, 나이 든 사람들의 입은 갈수록 활달해진다. 입이 다물어지지 않는 데서 끝나는 것이 아니다. 고집들은 왜 또 그렇게 세지는지, 도무지 내 생각과 다른 상대의 이야기를 받아들이려 하지 않는다.

그래서 모임이 시작될 때 아예 원칙을 정해버리는 경우도 있다.

"오늘 모임의 화기애애한 분위기 유지를 위해 피해야 할 주제는 정치 얘기, 종교 얘기, 재산 얘기, 자식 교육 얘기, 몸매 얘기 기타 등등……"

반응도 다양하다. 맞다 맞다 그렇게 하자 수긍하는 사람, 껄끄러운 얘기일수록 끄집어내서 끝장을 보자는 사람, 가까운 사람들끼리 그런 얘기 못하면 어디 가서 하겠냐는 사람, 골치 아픈 얘기는 사절이라는 사람, 오늘이 묵언의 날이냐 비아냥거리는 사람……. 그럼 무슨 얘기를 할 수 있

느냐는 질문에 한 친구가 제안한다.

“연예인 얘기!”

그 얘기가 떨어지자마자 또 다른 친구가 개그 프로그램의 대사처럼 큰소리로 외친다.

“안돼애!”

안된다고 소리친 친구의 말인즉 우리 나이에 연예인 얘기하면 이름 생각해내다 오히려 더 짜증나게 된다는 것이다. 이름은 몰라도 어느 드라마에 나오는 어떤 캐릭터인지 정도 얘기하면 누굴 말하는 건지 알 수 있다. 거기까지 알면 그냥 넘어가도 되는데 자존심과 고집들이 있어서 그 이름을 반드시 알아내야 직성이 풀린다나? 그래서 이름 생각하다가 화제가 진행되지 못한다는 것이다. 좌중이 와르르 웃는다. 모두 공감하는 현상이니까.

나도 그런 경험이 있다. 어느 날 느닷없이 영화 〈다이하드〉의 남자 주인공 이름이 생각 안 나는 것이다. 10년 동안 함께 살다가 이혼한 아내가 데미 무어라는 것까지 기억나는데 그의 이름은 입안에서만 뱅뱅 돌았다. 그 이름을 아는 것으로 중대한 비즈니스를 해야 하는 것도 아니고 나라를 구하는 일에 써야 하는 것도 아니었지만 모른 채 그냥 지나칠 수가 없었다. 전철 안이었지만 갑갑함을 참지 못하

고 딸에게 전화를 걸었다.

"얘, 데미 무어 전남편이 누구……"

여기까지 말했는데 브루스 윌리스라는 이름이 생각났다.

"응, 아냐, 됐어, 미안해, 끊어."

통화하는 내 목소리를 들은 옆 사람들이 속으로 얼마나 웃었을지, 느닷없는 전화를 받은 딸이 얼마나 황당해 했을까에 대해서는 생각할 겨를이 없었다.

나이 들면서 생기는 언어의 혼란 현상이 그뿐만일까. 머릿속에 멀쩡히 들어 있는 말이 입에서는 엉뚱한 말로 튀어나올 때도 있다. 갈치를 생각하고 '고등어'라고 얘기하는 건 그래도 약과이다. 어차피 생선 종류이니까. 갈치를 생각하고 '리모컨'이라 할 정도로 엇나가는 일도 허다하다. 눈앞에 있는 약국을 보고 '떡국'이라고 말한 적도 있다.

내가 결혼하기 전 지금의 내 나이셨던 어머니는 자주 이런 말씀을 하셨다.

"엄마가 쑥떡같이 얘기해도 찰떡같이 알아들어라."

그때 나는 이렇게 맞받아쳤다.

"쑥떡은 쑥떡이고 찰떡은 찰떡인데 어떻게 그렇게 해요?"

그런데 지금 나도 딸에게 엄마와 똑같은 소리를 한다. 어떤 때는 아예 말이 입에서 나오지 않을 때도 있다. 그래도

나보다는 인내심이 많은 편인 딸은 이렇게 말한다.

“엄마가 무슨 말을 하려는 건지 오늘 안에 들을 수는 있는 거야?”

너무 얼토당토않은 얘기까지 새겨 알아들어야 한다는 얘기는 아니다. 단지 미루어 짐작할 수 있는 얘기는 우리끼리는 따지지 말고 그냥 넘어가야 한다는 얘기다. 거론해서는 안 되는 주제가 따로 있는 게 아니다. 남의 말 안 듣고 자기 주장만 늘어놓는 것, 그냥 넘어가도 될 것을 끝까지 따지고 드는 게 문제인 것이다. 따지고 드는 순간부터 좋은 분위기는 어디론가 날아가 버린다고 생각하면 거의 틀림없다.

내가 겪은 일화를 한 가지 더 소개한다. 한 모임에서 중국통인 친구가 자기가 알고 있는 중국 도시 얘기를 꺼냈다. 그 친구는 30년 동안, 아니 지금까지도 중국을 제 집처럼 드나들면서 자신이 가본 곳 중에 가장 아름다운 도시를 우리에게 소개하고자 했다. 접대할 손님을 반드시 데리고 갈 정도로 아름다운 도시…… 아, 그런데 그 도시 이름이 생각 안 난다는 것이다. 그 특별한 도시 얘길 듣고 싶었던 친구들은 저마다 알고 있는 중국의 도시 이름을 하나씩 대기 시작했다. 꾸이저우? 푸저우? 우루무치? 리장? 쿤밍? 샹그리라? 툰황? 청뚜? 제법 내륙 깊숙한 곳에 있는 도시

이름까지 나왔는데 그 친구는 계속 고개를 젓다가 한 마디 던졌다.

"너희들은 모르는 도시야." 그렇다면 그 도시 이름이 A든 갑이든 파랑이든 무슨 상관이란 말인가. 그런데도 친구는 미련을 버리지 않고 스마트폰에 머리를 처박고 검색을 시작했다.

"그냥 넘어가면 되지, 뭘 찾고 난리야? 어차피 우린 모르는 이름인데……" 다른 친구들이 타박하는데도 그 친구는 수십 번도 더 가본, 자신이 가장 사랑하는 그 도시 이름을 잊었다는 사실을 참을 수가 없다는 것이다. 그 친구가 검색을 마쳤을 때 우린 이미 다른 주제로 신나게 떠들고 있었다. 그 친구가 자신이 찾아낸 도시 이름을 감격스럽게 외쳤건만 아무도 그 주제로 다시 돌아가려 하지 않았다.

남의 나라 도시 이름은커녕 내 자식 이름도 깜박깜박하는 건 우리 나이에 누구나 겪는 일이다. 그 상황을 자연스럽게 받아들이느냐 아니면 울화를 터트리며 안달하고 속 태우느냐에 차이가 있을 뿐이다. 그냥 넘어가자. 그냥 넘어가지 않고 끝내 알아낸다 해서 검색과 탐구의 수고를 칭찬하는 사람은 없다. 단지 화제의 속도를 따라가지 못하는 왕따가 될 뿐이다.

3

풍성한 가을을 위한 성찰

그늘에 멈춰 서라

불경기라는 말은 요즘 얘깃거리도 되지 않는다. 너무나 오랫동안 불경기가 계속되었기 때문이다. 탄탄한 회사에서 꼬박꼬박 월급 받는 사람을 빼고는 살기 어렵다는 말을 하지 않는 사람이 없다. 물론 꼬박꼬박 월급 받는 사람들도 그들 나름대로 아픔과 애로가 있다. TV드라마나 영화에 직장인들의 애환을 담은 스토리가 심심찮게 담기는 것도 괜한 일은 아니다. 한 마디로 먹고살기가 정말 힘들다. 세상에서 만만한 일은 하나도 없다.

하지만 남들이 다 아프다고 해서 내 아픔이 가시는 것은 아니다. 눈에 보이지도 않는 작은 가시에 찔린 내 손가락이

남의 다리 부러진 것보다 더 아프게 마련이다. 명랑 쾌활한 우리 부부이지만 불경기를 피해갈 재주는 없다. 세상 사람 다 불경기에 고생한다고 "아, 그렇구나. 우리도 그중 한 사람일 뿐이니 괜찮아"라고 얘기할 수는 없다.

이제껏 끊임없이 일을 해왔고 호화판으로 사치하며 살지도 않았는데 벌어놓은 여유자금이 없다. 나이는 들어 몸의 여기저기서 노쇠의 조짐이 나타나는데 노후 준비는 하나도 안 되어 있다. 그런데 하는 일은 다 잘 안 된다. 우리 부부가 일부러 행운을 피해서 다니는 것 같았다. 너무 정직하고 원칙을 지키려 노력하는 것이 우리를 어렵게 하는 것은 아닌가 하는 어리석은 생각마저 들었다.

무엇을 어떻게 해야 난국을 헤쳐 나갈 수 있을까 머리카락을 쥐어뜯으며 고민해도 좀처럼 답은 나타나지 않았다. 위기를 뚫고 나갈 길을 찾기 위해 골몰하고 있던 그때 누군가 내 귓가에 이렇게 속삭였다.

"황 선생에게는 휴식이 필요해요."

놀라운 말이었다. 당시 나는 투잡, 쓰리잡이라도 해서 경제적 위기를 헤쳐 나가지 않으면 안 되는 상황이었다. 그런데 휴식이 필요하다는 그 말이 역설적이게도 내게 커다란 위안을 주었다. 물론 휴식은 못 취했지만 그 말 덕분에 내

가 나아갈 길이 보이는 듯했다.

20대 중반, 직장생활을 막 시작했을 때였다. 아프니까 청춘이란 말처럼 그때 나도 무척 여러 가지 아픔을 겪었다. 무엇보다 직장생활이 만족스럽지 못했다. 교수님 추천으로 우리 과에서 가장 먼저 취업을 했지만 문제가 생겼다. 4학년 2학기 11월부터 출근한 나는 졸업 이후 3월부터 정직원 대우를 받기로 했다. 그런데 그 약속은 지켜지지 않았다. 대학교를 졸업하고 3월이 되었는데 나는 여전히 계약직 직원이었다.

그땐 계약직이 많지 않던 때였다. 취업 사기였다. 나는 새 직장을 구해야 했다. 다시 직장을 찾으려니 이미 학교 추천이나 유수 기업의 공개 채용은 거의 다 끝난 후라 기회를 놓쳐버린 듯했다. 졸업한 해 6월, 공개 채용으로 한 회사에 입사했지만 차선책으로 선택한 직장이라 생각하니 새 직장에도 적응이 어려웠다. 신입사원 주제에 연일 찌푸린 얼굴로 출근하니 상사들이 그런 나를 곱게 볼 리 없었다. 그러니 또 직장생활이 불행해질 수밖에 없는 악순환의 연속이었다.

불행의 밑바닥까지 떨어졌다고 생각한 어느 날, 나는 탈출을 위해 아이디어를 짜내기 시작했다. 그러지 않고는 하

루하루를 견뎌낼 수 없는 지경에까지 이르렀던 것이다. 일단 예전부터 내가 진정으로 하고 싶었던 일이 무엇인지부터 곰곰이 따져봤다. 고등학교 때 플루트를 배우고 싶었는데 시간도 없고 부모님의 허락도 받지 못해서 포기한 일이 생각났다. 당시 나는 나중에 시간과 돈의 여유가 생기면 반드시 플루트를 배우겠다는 계획을 세웠었다. 그런데 대학에 입학해서는 다른 노는 일에 정신 팔려 그 생각을 까맣게 잊고 있었던 것이다.

나는 그때까지 부었던 적금을 과감하게 깨서 악기를 샀다. 그리고 매일 퇴근 후 플루트 레슨을 받으러 다녔다. 플루트를 가슴에 비스듬히 안고 출퇴근하면서 나의 삶은 180도 달라졌다. 괜히 악기만 안고 다녀도 나 스스로 자랑스럽고 뿌듯해졌다. 나를 둘러싸고 있는 세상의 공기가 다르게 느껴졌다. 하늘에 대고 "오늘 하루도 정말 행복했습니다. 감사합니다"라고 외치고 싶었던 적이 한두 번이 아니었다.

얼마 지나지 않아 나는 직장에서 늘 방긋방긋 웃고 다니는 직원이 되었다. 대졸 여사원을 처음 채용했던 그 직장에서 나는 인사 잘 하고 겸손하며 일 열심히 배우는, 직장의 꽃으로 떠올랐다. 그때 내가 얻은 것은 플루트 연주 실력만이 아니었다. 내 삶이 진정으로 원하는 것이 무엇인지,

앞만 보고 달려가던 발걸음을 잠시 멈추고 제자리에 서서 생각하는 여유를 배운 것이다. 이후 내 앞에는 성공이 행복을 부르는 것이 아니라 행복이 성공을 불러온다는 것을 실감케 하는 나날들이 펼쳐졌다.

세계적인 테니스 선수 마리아 샤라포바의 경기 때마다 내가 눈여겨보는 장면이 있다. 그녀는 상대방의 서브를 받거나 자신이 서브를 넣기 전, 반드시 뒤돌아서서 고개 숙이고 잠깐 동안 무엇인가 생각한다. 그녀 특유의 규칙적인 동작이었다.

"저 짧은 시간에 무슨 생각을 할까?"

"호흡도 고르고 작전을 연구하는 거겠지."

남편의 말을 들은 나는 조금은 억지스러운 생각을 하게 되었다.

'샤라포바의 우수한 성적이 저 짧은 성찰의 시간에서 나오는 것이 아닐까?'

세계적인 선수들도 가끔 스스로 통탄할 만큼 어처구니없는 플레이를 한다. 어떤 때는 한 샷의 실수 때문에 게임 전체를 망치기도 한다. 그러나 한 번 실수했다고 좌절하고 무너지고 게임을 포기해서는 안 된다. 그들에게도 자신의 플레이에 대해 반성하고 정신력을 끊임없이 다잡는 시간이

필요하다. 내가 보기에는 샤라포바의 그 짧은 규칙적 동작이 그런 시간인 것 같다.

자신의 지나온 삶을 돌아본다는 것은 과거에 집착한다는 얘기가 아니다. 세상에는 세찬 바람이 사방에서 늘 불고 있기 때문에 예전에 세워놓은 삶의 이정표가 모두 흔들려버리는 경우도 많다. 그래서 내가 어디로 가고 있는지 방향을 다시 설정하고 어떻게 살아갈 것인지, 이정표가 똑바로 서 있는 건지 점검하고 확인할 시간이 필요하다.

하루하루 생계를 꾸리기가 바쁜데 어떻게 멈춰 서느냐고, 쉬지 않고 일해도 먹고살기 힘든데 어떻게 휴식의 시간을 갖느냐고 말하고도 싶다. 그건 배부른 사람들이나 하는 속 편한 소리라고 반박도 하고 싶다.

그러나 역풍이 불면 잠시 돌아서서 그 역풍이 잠잠해질 때까지 기다리는 것이 순리이다. 매서운 역풍을 만났는데 온몸으로 그 바람을 다 맞으며 고통스럽게 계속 전진하는 것만이 능사는 아니다. 다만 그냥 피하는 것이 아니라 뒤돌아서 있는 동안 생각을 해야 한다. 이 길이 진정 내가 원하는 그 길인지, 이 길로 계속 가면 내가 원하는 것을 얻을 수 있는지……. 역풍을 피하기 위해 뒤돌아서서 했던 생각이 인생을 의외의 푸른 초원으로 인도할 수도 있다. 원래

고수는 위기를 기회로 만들곤 하니까.

옛날 중국에 자신의 그림자를 두려워하여 그것들로부터 도망치기 위해 잠시도 멈추지 않고 달리다 힘이 다해 쓰러져 죽은 사람이 있었다. 그 사람에 대해 철학자 장자는 이렇게 말했다.

"단순히 그늘 속으로만 들어갔어도 그를 괴롭히던 그림자는 사라졌을 것이다."

삶이 매울수록, 뒤쫓아 오는 그림자가 거대할수록 가던 걸음을 멈추고 그늘에 들어가 앉는 여유가 필요하다. 가던 길에서 잠시 벗어나 스스로 그늘을 찾아 들어가지 않으면 우리를 뒤따르는 수레바퀴에 치이지 않기 위해 죽도록 달려야 한다. 그러다가 언젠가는 그 수레바퀴에 깔리는 비참한 결과를 맞이하게 될지도 모른다.

잠시 서야 한다. 서서 생각하고 점검해야 한다. 특히 새로운 성공을 불러올 행복을 찾아야 하는 50대에는, 그것이 휴식이든 작전타임이든…….

결핍과 마주서기

남편은 뭐든 스스로 만들어보기를 좋아한다. 거창하게 얘기하면 발명을 하는 것이고 간단히 말하면 아쉽고 필요한 점을 스스로 해결하려 노력하는 것이다. 불편하면 불편한 대로 아무 생각 없이 살아가는 나에 비하면 무척이나 진취적이고 능동적이다.

거의 모든 발명이 불편과 필요에서 태어났듯이 남편도 생활 속의 불편에서 아이디어를 만들어낸다. 물론 나의 불편에까지 관심을 갖는다. 예를 들자면 이런 상황이다. 겨울에 집에서 스웨터 같은 모직물을 빨면 널어서 말리는 데 애를 먹는다. 빨랫줄에 널면 물을 머금은 스웨터의 무게

때문에 옷이 늘어나버린다. 그렇다고 세탁기에서 쥐어짜는 탈수를 할 수도 없다. 그래서 남편은 스웨터를 눕혀 모양 잡아 말리는 건조대를 만들었다.

사각형의 프레임을 만들어 그것이 바닥에 닿지 않게 다리를 만들고 그 프레임에 모기장을 붙여 그물판을 만들었다. 여러 벌을 한꺼번에 말려야 할 때를 대비하여 삼층 정도로 얹을 수 있게 설계했다. 이 건조대는 욕조의 폭에 맞춰 만든 터라 막 건져낸 빨래는 욕조에서 물을 뺄 수 있다. 여러 가지 경우를 세심하게 고려하여 만든 물건이었다.

어떤 발명품이든 시제품 제작이 끝나면 반드시 나에게 의견을 묻는다.

"이런 거 만들어 팔면 당신 돈 주고 사겠어?"

물어볼 사람한테 물어봐야지, 난 불편한 것을 개선하려는 의지가 유난히도 부족한 사람이다. 질문을 받은 내 머릿속에는 대체로 이런 생각이 흘러간다.

'집에서 털 스웨터를 세탁하는 일은 일 년 동안 서너 차례도 안 된다. 그 서너 번을 위해 돈 들이고 살림살이를 새로 장만하고 싶지는 않다. 보관해두는 것도 번거롭다. 이왕 만든 것이니 고맙게 쓰겠지만 만들어 팔아보자는 소리는 차마 할 수 없다.'

예의상 말은 야박하게 안 해도 심드렁한 내 표정까지 감출 수는 없다. 내 반응을 눈치챈 남편은 "이상하다, 필요할 것 같은데?"라며 입맛을 쩝쩝 다신다. 그런 후 다른 불편을 찾아 눈길을 돌린다. 시제품으로 만든 그 건조대는 털 스웨터보다는 매실이나 나물을 말리는 데 더 자주 쓰인다. 아무튼 쓰임새는 있는 셈이다. 그러나 아직도 돈 주고 살 생각은 없다.

요즘 남편은 카메라에 관련된 물건을 자주 만든다. 그것도 사진 찍는 직업을 가진 본인의 불편과 필요가 반영된 산물들이다. 카메라가 흔들리지 않게 하기 위해, 과다한 햇빛을 가리기 위해, 찍는 사람의 키를 키우기 위해, 부품을 싸게 만들기 위해 남편은 며칠씩 고개를 갸우뚱거리며 시제품을 만들어보곤 한다. 그중에는 특허를 받은 물건도 있고 동호인 사이트에서 호평받은 물건도 있다.

몇 년 동안 다양한 물건이 만들어졌지만 남편이 사진 찍을 때 느끼는 불편은 끝이 없어 보인다. 불편이 계속되는 한 발명품도 계속 개발될 것이고 언젠가는 만년필을 발명한 사람처럼 대박을 터트리는 날도 올 것이라 믿는다.

또 남편은 폐품 활용도 잘 한다. 나에게는 쓸모없는 쓰레기로 보이는 물건도 남편의 눈에는 시제품을 만들 재료로

보이는 것 같다. 조그만 플라스틱 반찬 그릇이 렌즈 후드가 되기도 하고 흔하디흔한 노끈이 훌륭한 카메라 지지대가 되기도 한다. 모터가 고장나 못 쓰는 빙수기의 얼음 그릇은 휴대폰 공명통이 되고 투명한 플라스틱 고추장 항아리는 안이 들여다보이는 새 둥지가 되기도 한다. 모양도 그럴듯하다. 어떤 재질에는 어떻게 색을 입히고 어떻게 구멍을 뚫어야 하는지 등의 지식도 많이 가지고 있다.

"어떻게 그런 걸 다 알고 있지?"

감탄 섞인 내 물음에 남편은 심드렁하게 대답한다.

"간절히 필요로 하는 사람에게는 길이 보이는 법이야."

얼마 전 남편과 함께 텔레비전에서 고대 유적 탐사 프로그램을 보다가 내가 물었다. 옛날 사람들은 맨몸뚱이 외에 가진 것도 없었을 텐데 저런 거대한 유적을 어떻게 만들었을까 하고. 남편의 대답이 걸작이었다.

"가진 게 왜 없어? 기계가 아닌 섬세한 노동력이 풍부하게 있었지, 다른 엔터테인먼트에 빼앗기지 않아 시간이 많이 있었지, 몇 년이 걸려도 상관없다는 심적 여유가 있었지, 이뤄내면 내세에라도 축복을 받는다는 신념이 있었지, 어릴 때부터 머리에 새겨진 굳건한 충성심이 있었지, 무엇보다 결핍에 의한 창의력이 있었잖아. 그 정도면 21세기의

현대인이 가진 것보다 훨씬 우수한 도구들을 갖춘 셈이지."

정말 그렇다. 요즘 애들까지 들먹일 것도 없이 나부터도 생활을 개선하는 데에 머리 돌릴 생각을 거의 하지 않는다. 필요한 것이 다 갖춰져 있다고 여기기 때문이다.

형제는 많고 내가 차지할 수 있는 몫이 적어서 생존을 위해 각자 노력해야 했던 어린 시절이 떠오른다. 그땐 정말 생존 경쟁에서 뒤떨어지지 않으려고 수많은 아이디어를 냈던 것 같다. 부끄럽고 치졸하다는 생각이 들지만 내가 어린 시절 경쟁에서 이기기 위해 냈던 아이디어 중 하나를 소개해보겠다.

어린 시절 우리 집은 결코 가난하지는 않았지만 고기반찬을 양껏 먹을 상황은 아니었다. 쇠고기나 돼지고기보다는 생선을 더 좋아하신 부모님의 영향도 있었던 듯하다. 그때는 "고기 먹고 싶으니 고기반찬을 해달라"라고 애들이 주장하여 메뉴를 바꿀 수 있는 분위기가 아니었다. 그건 다른 집도 마찬가지였을 것이다.

우리 집 메뉴 중 그나마 고기가 많이 들어간 반찬은 김치찌개였다. 외할머니와 5남매가 함께 둘러앉아 먹는 밥상에서 내가 고기를 더 먹으려면 머리를 써야 했다. 그래서 나는 밥 구덩이를 파고 거기에 고기를 묻었다. 물론 다른

사람이 눈치채지 못 하게 살그머니 말이다. 상당량의 '개인 화기'를 확보해두고 아닌 척 '공용 화기'부터 먹어치우는 것이다. '공용 화기'가 다 떨어지면 그다음에 여유를 가지고 '개인 화기'를 꺼내 먹었다. 그런 짓을 할 때의 내 나이가 열 살 전후였던 것 같다. 물론 지금 생각해보면 웃기고 민망한 얘기다. 하지만 그때 5남매 중 막내인 내가 부족함을 채우기 위해 스스로 아이디어를 낸 것만은 인정해야 할 것이다.

결핍은 창의력을 키워준다. 세기의 발명품은 거의 결핍에서 만들어졌다. 만년필은 중요한 서류에 잉크를 쏟아 계약을 망친 후에 만들어졌다. 작업 중 옷이 자꾸 헤지는 것을 막기 위해 천막 천으로 시작한 청바지도 결핍의 산물이다. 종이를 뗐다 붙였다 하는 것을 번거롭게 여긴 사무직원이 생각해낸 것이 포스트잇이고 양들이 울타리를 넘어가는 것을 막기 위해 미국 농부가 만들어낸 것이 가시 철망이다. 배고픔을 해결하고자 소설을 쓰기 시작하여 지금은 세계에서 손꼽히는 갑부가 된 《해리 포터》 시리즈의 작가 조앤 롤링 얘기는 이미 잘 알려져 있다.

풍요가 인간의 삶의 질을 높여줄 것이라고 모두들 기대한다. 하지만 발전된 미래를 위한 창의적 발상은 결핍에서

나오도록 되어 있다. 그런 의미에서 이 풍요의 시대에 아직도 사방에서 불편과 결핍을 발견하는 남편은 인류 문화 발전의 기수라 할 수 있겠다.

50대는 생리적 결핍 상태가 본격적으로 시작되는 시기이다. 결핍이 창의력의 원천이 된다면 50대 이후는 젊은 시절보다 훨씬 활발한 창의력을 발휘할 수 있는 시기라는 것이다. 그러니 불편과 결핍을 피하려 하지 말고 당당하게 마주서야 한다. 그리하면 인류의 편리를 도모할 수많은 발명과 발견을 탄생시킬 수 있을 것이다. 바야흐로 지금부터 시작이다. 결핍이라는 위기는 창조라는 기회를 반드시 가져다줄 것이다.

거리를 두다

우리 동네 테니스 코트에서 고양이를 한 마리 키우고 있었다. 이름은 너무도 무성의하게도 '나비'이다. 몇 년 전 당시 코치가 길에 버려진 새끼 고양이를 데려다 먹이를 주면서 식구가 되었다. 그런데 이 암컷 고양이의 놀라운 번식력이 문제가 되었다. 그동안 10여 차례에 걸쳐 50여 마리의 새끼를 낳았고, 이젠 늙어 털의 윤기도 다 빠졌건만 아직도 심심찮게 배가 불러 테니스 회원들을 놀라게 한다. 서너 번째까지는 신기한 마음에 새끼가 태어난 날짜와 마릿수를 코트 로커룸 한편에 적어놓기도 했다. 그런데 언제부터인가 횟수도 마릿수도 '셀 수 없음'이 되어버렸다.

처음 나비를 데려온 코치는 다른 곳으로 가고 없고 얼결에 고양이를 맡아 키우게 된 회원들의 반응은 반반이다. 자기 돈으로 먹이를 사다 주며 예뻐하는 사람도 있지만 나비가 가까이 다가만 가도 질색하는 사람도 있다. 그런데 새끼가 태어날 무렵이면 반대하던 회원들도 불평을 덜 한다. 아직 눈도 못 뜬 새끼들이 꼬물거리는 것이 신기하고 예뻐서이다. 또 나름 산고를 치르고 난 후 새끼를 품고 젖을 먹이는 생명체를 박대할 만큼 모진 사람은 없다.

그러나 새끼 고양이들이 코트에서 어슬렁거리며 돌아다니기 시작하면 상황은 달라진다. 새끼들이 테니스 공에 맞을 수도 있고 발에 밟힐 수도 있다. 또 그 많은 식솔을 다 먹여 살리는 것도 문제이다. 더 큰 문제는 테니스 코트 주변이 고양이 때문에 지저분하다는 아파트 단지 주민들의 민원이었다.

결국 회원들은 이미 야성(野性)을 잃어버린 제 1세대 나비까지만 책임지기로 했다. 그 자손들은 다 쫓아버리자고 결론을 내린 것이다. 그래서 새끼들이 젖을 떼고 혼자 먹이를 찾아 어슬렁거릴 때쯤이면 새끼들을 서둘러 분양해버린다. 또 나비에게도 밥을 충분히 주지 않는다. 그러면 나비는 먹이 경쟁자인 자기 새끼들을 자신의 영역인 코트 밖으

로 내쫓아버린다. 자연적으로 식구 정리가 되고 코트에는 언제나 나비 한 마리만 남게 되는 것이다.

신기한 점은 나비의 모성은 젖을 뗄 때까지만 유지된다는 것이다. 그 후에는 새끼도 경쟁자로 여긴다. 젖을 떼기 전에 새끼를 빼앗으면 나비는 온종일 코트 구석구석을 뒤지며 새끼를 찾아 헤맨다. 그 모습이 애처롭기 짝이 없다. 그런데 일단 젖을 떼고 나면 새끼를 감춰버려도, 다른 곳으로 빼돌려도 나비는 눈 하나 깜짝하지 않는다. 오히려 자기 밥그릇을 지키기 위해 새끼에게도 이빨을 드러낸다. 자식이라 할지라도 경쟁자를 몰아내는 데는 냉정하리만큼 철저했다. 그것이 야생의 생태인 듯했다. 자연의 섭리에 인위적 정리까지 더해져 코트의 고양이 문제가 일단락되는 듯했다.

그런데 어느 날 코트에 가보니 놀라운 일이 벌어져 있었다. 나비와 똑같이 생긴, 아마도 나비의 딸로 추정되는 어미 고양이가 나비 집을 차지하고 앉아 있는 것이었다. 아직 눈도 채 못 뜬 자신의 새끼를 여섯 마리나 이끌고서였다. 나비의 딸은, 이를테면 친정집에 와서 산후 조리를 하고 있었다. 그 많던 새끼를 매몰차게 몰아냈던 나비였지만 외손주(?)들을 이끌고 들어와 자신의 집을 차지하고 있는 딸에

대해서는 의외로 경계심을 드러내지 않았다. 아니 젊은 고양이에게 속수무책으로 집을 빼앗겼는지도 모른다.

그날 테니스 회원들은 중대한 결단을 내리게 되었다. 나비의 집이 코트에 있는 한, 새끼들까지 완전히 쫓아버리기 어려우니 불쌍하지만 나비의 집마저 치워버리기로 한 것이다. 고양이 먹이 냄새를 일체 피우지 않자 정말 코트 주변에서 고양이가 사라졌다. 하지만 나비만은 더 이상 밥이 담기지 않는 밥그릇 주변을 떠나지 못했다. 불쌍하지만 나비에게도 밥을 줄 수 없었다. 밥을 주면 다른 고양이들을 쫓아 보낼 수 없기 때문이었다.

누군가 사람만 나타나면 밥을 좀 달라고, 배가 고프다고 자신의 몸을 사람에게 비비적거리는 나비를 애처로운 눈으로 들여다보던 남편이 한마디 한다.

"나비야, 너 정말 안됐다. 주는 밥 받아먹으며 여생을 편안하게 지내나 했더니 물색없는 딸년 하나 때문에 하루아침에 네 신세까지 처량해졌구나."

사람도 나비처럼 평생을 쌓아온 명예와 재산을 자식 때문에 다 날려버리기도 한다. 오죽하면 중년 이후 가장 경계해야 할 것이 '자식 리스크'라고 할까. 내 주변의 한 분도 대학교수로 정년퇴직하셨는데 망하는 아들 사업에 연루되

어 지금은 생계를 걱정하고 계신다고 했다. 그나마 연금을 압류 등으로부터 지킬 수 있어 최악의 상황까지는 이르지 않았다니 불행 중 다행이다.

많은 어른이 요즘 젊은이들 불쌍하다고 얘기한다. 공부도 힘들게 하고 취직도 안 된다고 말이다. 난 그런 얘기에 전적으로 동의하지는 않는다. 나라 전체가 가난하고 국민 전체가 가난했던 우리 세대는 더욱 어렵게 공부했고 처우도, 환경도 좋지 않은 직장에서 더욱 힘들게 직장생활을 했다. 그런데 우리가 겪은 건 당연하게 여기고 훨씬 편하게 살고 있는 요즘 애들은 불쌍하다 하니 말이 안 된다.

또 하나 동의할 수 없는 것은 "젊은 사람들 일자리가 없다"라는 말이다. 정확히 얘기하려면 "그들 입맛에 맞는 일자리가 없다"라고 해야 한다. 장년 이전까지는 눈높이를 조금만 낮추면, 아니 자신의 분수만 제대로 알아도 일자리를 얼마든지 찾을 수 있다. 하지만 노년은 아무리 눈높이를 낮춰도 일자리를 구하기 어렵다.

자녀의 결혼에 부모 돈을 과다하게 들이는 것도 더 이상 해서는 안 되는 일이다. 웬만한 서민에게는 자녀에게 집 구해줄 별도의 여유자금이 있을 리 없다. 어쩔 수 없다며 빚을 내거나 늙은 부모의 집을 줄여서 자녀에게 집을 구해주

는 사람도 많다. 정말 어리석은 짓이다. 교육시켜 성인으로 키워주었으니 결혼은 스스로의 힘으로 해야 한다. 그럴 능력이 없으면 능력이 생길 때까지 열심히 일할 궁리를 하게 해야 한다. 부모 살을 깎아서 자식에게 주려는 생각은 더 이상 하지 말아야 한다.

나이 든 사람은 젊은 사람들의 경제적 문제를 걱정할 필요 없다. 젊음만 가지고도 웬만한 시련은 다 극복할 수 있다. 물론 극복 의지가 있다면 말이다. 그런데 부모 세대 정도로 나이가 들면 의지로만은 극복이 어렵다. 한번 삐끗하면 회복도 어렵다. 회복할 시간도 부족하다.

자녀의 실패에 함께 휩쓸리지 않으려면 자녀들의 일에 적당히 거리를 두어야 한다. 야박한 얘기로 들릴 수도 있지만 이것은 궁극적으로 자녀들을 위하는 길이기도 하다. 우리의 부모를 생각해보면 무엇이 자녀를 위하는 길인지 쉽게 알 수 있다. 부모에게 자립 능력이 있어 우리가 걱정하지 않아도 되는 경우 우리 마음이 얼마나 편한지를……. 야박하다는 소리를 들을지언정 자녀들을 위해서라도 공멸은 피해야 한다.

평생 쌓은 재산이나 업적, 명예를 한순간에 잃어버린 상황을 보고 나와 남편은 "한 방에 훅 갔다"라고 표현한다.

요즘 들어 한 방에 훅 간 사람이 유난히 눈에 많이 뜨인다. 자녀뿐만 아니다. 평생의 노력을 한 방에 수포로 만들지 않으려면, 그것들에 휩쓸려 함께 파멸하는 일을 막으려면 이제껏 사랑해온 그 모든 것과 거리를 두어야 한다. 자녀는 물론 자신이 하던 일과도 결별할 각오를 해야 한다.

몇 해 전 회사 일이 잘 풀리지 않는다며 현직 대기업 임원이 자살한 일이 있었다. 직장을 그만두고 자녀 세대까지 놀고먹어도 남을 정도의 재산을 남기고 말이다. 자신의 일과 거리를 두지 못해서 생긴 비극이다.

평생 쌓아온 명예를 한순간에 잃어버린 공직자 얘긴 뉴스 속에 넘쳐난다. 젊은 시절 실수로 옳지 못한 일에 휩쓸렸다 하더라도 하루빨리 그런 일과 거리를 두어야 한다. 그리고 남이 들춰내기 전에 스스로 자신의 실수를 과감히 인정하고 반성하는 모습을 보여야 한다. "조금만 더" 하고 예전대로 끌고 가다가는 정말 "한 방에 훅 가는" 상황에 이르기 때문이다.

나이는 숫자에 불과하다지만, 요즘 50대면 아직 청년이라지만 우리 나이에 무너지면 복구하기는 정말 힘들다. 마음과 달리, 건강해진 신체 조건과 달리 우리 사회의 정년은 아직까지는 50대 후반에 머물러 있기 때문이다. 이제까

지 정성껏 지은 밥에 코 빠뜨리지 않고 깨끗하게 상 차려 느긋하게 먹으려면, 한 방에 훅 가지 않으려면 오직 하나 명심해야 할 일이 있다. 바로 사랑하는 것들과 거리를 두는 것이다.

부모는 화수분이 아니야!

외동이 딸이 중학교 2학년 때 느닷없이 내게 물었다.

"엄마 아빠 노후 준비는 되어 있나요?"

노후 준비라는 말조차 생소할 나이의 딸이 던진 생뚱맞은 질문이었다. 그런데 그에 대한 내 대답이 나오는 데는 5초도 걸리지 않았다. 그런 용어는 어디서 들었느냐, 왜 그걸 물어보느냐 등의 반문도 필요 없었다. 아주 명백한 답변이 있으니까.

"우리 노후? 그야 당연히 너한테 빈대 붙어 사는 거지."

부모가 이렇게 대답하면 요즘 아이들은 대개 "에이 그런 게 어디 있어요? 나보고 어떡하라고요?" 등의 반응을 보인

다고 한다. 사실 나도 딸이 어떻게 반응하는지 궁금하기도 했다. 그런데 딸은 "으응, 그렇구나"하고는 별말이 없었다.

기특한 딸은 당연히 자기가 부모를 봉양해야 한다고 생각했다고 한다. 다만 확인 대답을 얻은 셈이다. 나중엔 이런 말도 했다. 자기 일생에 가장 암담했던 때가 그 말을 들었을 때라고. 부모의 노후는 당연히 자기가 책임져야 할 텐데 자신은 할 줄 아는 것이 아무것도 없어서였다나?

지금은 직장인이니 세뱃돈 받을 일이 없어졌지만 대학 졸업할 때까지 설날 즈음이면 딸이 우리 집 최고의 부자가 되었다. 남편이나 나나 형제가 많아 딸은 제법 주머니가 두툼해질 정도로 세뱃돈을 받았다. 아주 어렸을 때야 엄마인 내가 관리했지만 중학교 들어가고 난 후부터는 철저히 본인 관리에 맡길 수밖에 없었다.

그런데 착한 딸은 설날 이후 한두 달 정도는 치킨이나 피자 같은 별식을 먹을 때 그 값을 자기가 내겠다고 했다.

"내가 살 테니 맛있는 거 먹을까?"

딸이 물어보면 우리는 거침없이 대답한다.

"그럴래? 고맙다."

"네가 무슨 돈이 있다고 그러니? 둬라. 우리가 낼 테니"라는 말은 하지 않았다. 우리 부부는 이런 일을 '부자 딸

등쳐먹기'라고 불렀다. 돈도 돈이지만 살살 꼬드기면 흔쾌히 지갑을 여는 딸의 모습이 재미있어서 이 프로젝트를 즐겨 했다.

딸이 직장에 다닌 후로는 오히려 '등쳐먹기'가 조금 낯간지러워졌다. 하루 종일 고생해서 버는 피 같은 돈이라는 것을 뻔히 알기 때문이다. 그래서 레퍼토리를 좀 바꿨다.

"너는 외동이니까 나중에 엄마 아빠 재산이 다 네 거 되잖아. 네가 재산을 온전하게 물려받고 싶으면 지금부터 투자를 좀 해야 하지 않겠니? 어차피 네가 물려받을 재산을 보호하는 차원에서 말이야."

"그럼 내가 어떡해야 할까요?"

"아, 그러니까, 우리가 지금 살고 있는 집을 살 때 대출을 조금 받았거든. 지금은 이자만 갚고 있지만 내년부터는 원금도 갚아야 하니 그 원금을 네가 내면 어떻겠니? 대출금 다 갚으면 집이 고스란히 남게 되잖아."

"네, 원금 상환해야 할 때 얼마를 어떻게 내야 하는지 알려주세요."

딸의 약속에 통쾌해하는 나를 보고 흉보는 사람도 있다. '재산'이라고 할 것도 없으면서 딸에게 그런 말을 하다니 양심도 없다고 말이다.

아니다. 단돈 만 원도 재산은 재산이다. 양심 없는 얘기라고는 생각하지 않는다. 우리도 딸한테 적으나마 나름 투자를 했거든.

나중에 역모기지론 써서 그 집까지 다 털고 죽을 거면서.

그건 그렇다. 그걸 어떻게 알았지? 하지만 사람 일, 알 수 없다. 대출금을 다 갚은 아파트를 딸에게 고스란히 물려줄 상황이 될지도 모른다.

아무튼 중요한 것은 부모에게 당연히 공짜로 받아서는 안 된다는 생각을 자녀들이 갖게 해야 한다는 것이다. 실제로 부모를 봉양 못 하더라도 봉양의 책임이 있음은 알게 해야 한다는 게 우리 부부의 지론이다.

얼마 전 40대 초반의 주부가 내게 물었다.

"재테크를 어떻게 해야 할까요?"

뭘 보고 내게 그런 질문을 했는지도 의아한 일이었다. 하지만 그와 상관없이 난 거침없는 답변을 던졌다.

"자녀에 대한 투자를 줄이세요. 물론 애가 간절히 원하거나 투자의 가치가 있어 보일 때는 최선을 다해 뒷바라지 해줘야지요. 하지만 불확실하고 아이도 원하지 않는 투자는 투자가 아니라 헛돈 쓰는 거랍니다. 가치에 대한 확신이 있을 때만 투자하는 건 투자의 기본이지요. 자녀 사교육비

반만 줄여도 제법 큰 적금을 들 수 있을 거예요. 자녀의 성공은 절대로 단순 투자에 비례하지 않는답니다. 중요한 경험담이에요."

의외의 답변에 그 주부의 눈이 휘둥그레졌다. 그리곤 이내 동의했다.

"네, 그렇겠군요."

대답은 이렇게 하지만 대부분의 부모가 자녀 사교육비를 포기하지 못한다. 또 자녀의 대책 없는 학위 사냥에, 목표 없는 외국 유학에 기약 없는 스폰서가 된다. 그리곤 허덕인다. 당장의 삶에, 노후의 삶에.

이론적으로는 다 알고 있지만 선뜻 포기를 못 하는 이유는 다양하다.

"남들 다 하는데 우리 애만 안 시키면 안 될 것 같아서."

"나중에 후회할까 봐."

"그렇게 하도록 사회가 강요하니까."

이 모든 핑계가 다 부모 자신들의 만족을 위한 것인지 알고 있는가? 하는 애는 산간벽지에서도 잘 한다. 안 할 애는 돈을 덤프트럭으로 들이부어도 안 하고 못한다. 왜 자기 애를 돈을 들여야 '겨우' 하는 애로 만들려고 하는가? 너무 많이 투자해서 자식이 넌더리 내고 정신병까지 얻는 경우

도 여러 번 봤다. 또 사회는 사교육을 많이 시키라고, 조기 유학 보내라고 절대 강요하지 않는다. 웬만한 교육 정책은 사교육을 막는 쪽으로 방향이 맞춰져 있다.

얼마 전 신문에서 이런 칼럼을 읽은 적이 있다. 고등학교 다니는 애가 주말에 학교 안 가게 해줬으면 좋겠다는 요지의 글이었다. 자기는 애가 주말에 조부모 집에도 가고 저 좋아하는 농구도 하면서 살았으면 좋겠다는 얘기였다. 그럼 그렇게 살라고 하면 된다. 그런데 주말에도 학교에 가는 이유는 우수 학생 특별 프로그램에 들어갔기 때문이란다. 그 프로그램에 안 들어가면 주말에 학교 안 가도 된다. 그러기는 싫은 거다. 옳지 않다고 생각해도 자기 애만 안 하는 꼴은 못 보겠다는 심보이다.

선택과 결정은 스스로 해야 한다. 자녀에게 뭐가 더 필요한지 결정하고 거기에 집중하는 것은 각자 몫이다. 교육을 더 시키라고 개인의 등을 떠미는 세력은 없다. 있지도 않은 세력에 밀려가는 사람이 어리석은 사람이다. 수많은 어리석은 사람이 무엇엔가 홀려서 의미 없는 투자를 자녀들에게 쏟아붓고는 자신들은 힘들게 살아가는 것이 우리 사회의 현주소이다.

자녀에 대한 과도한 투자는 부모의 정신 건강에도 해롭

다. 성장기에는 자녀에게 들이붓느라 부모의 인생을 즐길 겨를이 없다. 스트레스가 쌓인다. 결혼해서 저네들끼리 잘 살면 만족이라지만 자녀들 하는 태도에 따라 본전 생각이 나기도 한다. "내가 누굴 위해 평생 고생했는데" 소리가 절로 나온다. 그런 부모를 보면 자녀들은 뭐라고 생각할까? 아마도 십중팔구는 '위하긴 누굴 위해? 엄마 아빠 폼 잡고 싶어서 뒷바라지한 거지'라고 생각할 것이다. 자녀를 위해 기꺼이 모든 것을 바쳤다면 그걸로 끝이다. 뭘 바라고 뒷말을 하는 순간 모든 공이 날아간다. 그렇게 쿨하게 생각할 자신이 없다면 자녀를 위한 투자를 줄이는 것이 좋다.

정신이 멀쩡한 애들은 누울 자리를 보고 발을 뻗는다. 없는 돈에 외국 유학을 갔다 왔거나 대학을 졸업한 후 "이 길이 아니었나 봐요. 전공을 바꿔서 다른 공부를 계속하고 싶어요"라고 말하는 애는 부모가 계속 뒷바라지를 할 능력이 있다고 생각하는 것이다. 물론 돈이 많아서 캥거루처럼 자녀를 계속 품고 살 능력이 있다면 무슨 문제가 있을까? 부모 노후를 지탱할 알량한 재산을 자녀들이 털어가는 것이 문제이지.

만일 다 자란 자녀 교육에 투자할 여유자금이 많지 않다면 자녀에게 딱 부러지게 이야기해주어야 한다.

"아, 그래. 새 길을 찾으려면 고생이 많겠구나. 이제 부모는 더 이상 네 학비를 댈 능력이 없으니 학비는 네가 알아서 해야겠다."

이렇게 말하면 자녀는 둘 중 하나를 선택한다. 혼자 힘으로 공부를 계속하든지 뒤로 미루거나 포기하든지.

취업 후 고생하는 자녀에게 절대 해서는 안 될 말도 있다.

"그까짓 푼돈 벌려고 그런 고생을 하니? 아예 그만 둬라. 용돈은 부모가 대주마."

너무 힘들어서 그만두고 새 직장을 알아보는 것도 이미 성인이 된 자녀 자신들의 몫이다. 벌이를 하지 않으면 먹고 살 수 없음을 경험하게 하는 것도 교육이다. 그래야 자녀도 자신의 인생을 책임지는 사람이 될 수 있다.

부모가 화수분이 아니라는 것을 자녀들에게 인식시킬 필요가 있다. 과도한 교육비 투자는 부모의 여생을 망칠 수 있다. 또 자녀가 성인이 되었다면 그가 어떻게 인생을 살아가는가 하는 문제는 더 이상 부모의 문제가 아니다. 부모는 자녀 인생에 대한 책임을 자녀 본인에게 넘겨줘야 한다. 그것이 자녀의 인생을 위해서도 득이 되는 일이다.

가까이, 그러나 기대지 않는

결혼 전, 예정 없이 사촌 오빠 집에 들른 적이 있다. 사촌 오빠는 결혼한 지 채 1년이 되지 않은 신혼을 보내고 있었다. 그날 오빠 집 근처를 우연히 지나게 되었는데 결혼식에 참석하지 못했던 터라 미안한 마음에 불쑥 방문을 한 것이다. 그런데 오빠 내외는 집에 없었고 사촌 동생이 집을 지키고 있었다. 오빠 내외를 기다리며 집안을 두리번거리던 나는 냉장고 문짝에 붙은 쪽지 하나를 발견했다. 쪽지에는 시가 한 편 담겨 있었다. 김승희 시인의 〈만파식적(萬波息笛)〉이라는 시였는데 '–남편에게'라는 부제가 붙어 있었다. 시의 내용은 대략 다음과 같았다.

더불어 살면서도
아닌 것같이,
외따로 살면서도
더불음 같이,
그렇게 사는 것이 가능할까?

간격을 지키면서
외롭지 않게,
외롭지 않으면서
방해받지 않고,
그렇게 사는 것이 아름답지 않은가?……

두 개의 대나무가 묶이어 있다
서로 간의 기댐이 없기에
이음과 이음 사이엔
투명한 빈자리가 생기지,
그 빈자리에서만
불멸의 금빛 음악이 태어난다

그 음악이 없다면

결혼이란 악천후,
영원한 원생동물들처럼
서로의 돌기를 뻗쳐
자기의 근심으로
서로 목을 조르는 것
(후략)

아직 결혼 전이었고, 결혼은 사랑하는 사람과 24시간 헤어지지 않으려고 하는 것이라 생각했던 내게는 충격적인 내용이었다. 더불어 살면서도 그렇지 않게, 간격을 지키면서 방해받지 않고 사는 것이 왜 필요할까? 간격을 지키며 살아야 한다면 굳이 왜 결혼을 해야 하는 걸까?

시의 내용보다 나를 더욱 의아하게 만들었던 것은 그 시가 오빠가 아닌 언니의 선언이었을 것이라는 추측이었다. 그때까지 나는 자유로운 시간을 간절히 원하는 것은 대개 남자들이라고 생각했기 때문이다. 그날 오빠 부부는 끝내 만나지 못했다. 하지만 나는 그 방문으로 큰 수확을 얻게 되었다. 적절한 간격이 아름다운 조화를 이룬다는 것에 대해 새롭게 생각하게 되었기 때문이다.

'만파식적'은 신라 신문왕 때 만들어졌다고 알려지는 설화 속의 피리이다. 피리 이름을 한자 그대로 풀면 '모든 풍파를 잠재우는 피리'라는 뜻이다. 만파식적 설화는 삼국통일의 위업을 달성한 후 이제 더 이상 전쟁은 없고 평화의 시대, 문화의 시대가 펼쳐질 것이라는 것을 상징적으로 나타낸 이야기라고 볼 수 있다.

물론 부부가 함께 살아가노라면 그 앞에 수많은 풍파가 닥친다. 그 풍파들을 이겨내려면 두 개의 대나무가 적절한 간격을 유지하여 소리를 내는 만파식적과 같이 부부 사이에도 적절한 간격을 유지해야 한다는 게 이 시의 주제이다.

그런데 '적절한 간격'이라는 말이 참 애매하다. 너무 떨어져도, 너무 붙어도 아름다운 소리가 나지 않는다는 얘긴데 그 적절함의 기준은 무엇일까? 그건 사람마다 다르고 처해 있는 상황마다 다르다. 한 부부 사이에도 적절한 간격에 대해 서로 다르게 생각할 수 있다. 하지만 중요한 것은 간격의 필요성을 받아들여야 한다는 것이다.

부부가 아니어도 사람 사이에는 반드시 간격이 필요하다. 그 관계가 친구든 동료든 마찬가지이다. 정말 '서로 간의 기댐'이 없어야 '빈자리'가 생길 수 있고 '그 빈자리에서만' 조화로운 관계가 만들어진다. '음악'으로까지 표현할 수

있는 그 조화로움이 없다면 정말 인간관계는 '악천후'가 될 수도 있다. 서로에게 집착을 하다가는 관계가 피곤해지고 자칫 잘못하면 좋은 관계가 원한으로까지 이어질 수 있다. 그래서 정말 "영원한 원생동물들처럼 서로의 돌기를 뻗쳐 자기의 근심으로 서로 목을 조르는 것"이 될 수도 있다.

이런 깨달음은 나이가 들수록 더욱 절실해진다. 사랑이나 우정의 이름으로 내게 기대는, 그러나 사실은 '자기의 근심'으로 내 목을 조르는 피곤한 인간관계가 그만큼 더 늘어나기 때문이다. 그리고 또 그런 피곤함에 대한 인내심은 나이 들면서 점점 더 줄어들기 때문이다.

몇 년 전부터 '케미'라는 말이 쓰이기 시작했다. '케미'는 '화학'을 뜻하는 영어단어 케미스트리(chemistry)의 앞 두 글자를 딴 말인데 인간관계의 화학적 반응을 일컫는 말이다. 남녀 간에 서로 강하게 끌리는 감정을 비롯하여 사업 파트너나 손발이 잘 맞는 동료 사이에도 적용할 수 있는 말이다.

그런데 정말 사람과 사람의 관계에서 화학적 융합이 일어날 수 있을까? 사람들은 각각 독립된 개체이고 두 사람이 아무리 좋은 관계를 유지한다 해도 완전히 다른 제3의 인물로 만들어질 수는 없다. 즉 사람의 사이는 물리적으로

가까워질 수는 있을지언정 화학적 변화를 일으킬 수는 없다. 그럼 그 물리적 관계는 어느 정도가 되는 것이 바람직할까? '적절한 간격'은 어느 정도인 것이 좋을까?

화학을 전공한 남편은 내게 물질의 분자 사이의 거리와 그에 따른 상(狀) 변화에 대해 설명한다. 분자 사이의 거리가 촘촘하면 고체가 되고 거리가 벌어질수록 액체로, 또는 기체로 바뀐다. 고체는 그 형태가 정해져 있고 모양이 쉽게 변하지 않는다. 하지만 액체나 기체는 담기는 용기에 따라 쉽게 모양을 바꾼다. 다시 말해 분자 사이의 거리가 멀수록 형태가 유연해진다는 것이다.

인간관계도 마찬가지이다. "서로의 돌기를 뻗쳐 자기의 근심으로" 상대를 피곤하게 만들지 않을 정도의 간격은 유지해야 유연한 인간관계를 유지할 수 있다. 그런데 그 간격은 액체를 이루는 분자만큼의 거리여야 한다. 기체만큼 서로의 거리가 멀어지면 그 관계는 눈에 보이지도 않고 자칫 흩어지기도 쉽다.

〈논어〉의 위정편에 보면 '군자불기(君子不器)'라는 말이 있다. 군자는 어떤 한 가지 그릇으로 특정 지어지지 않고 어느 그릇에나 담길 수 있어야 한다는 것이다. 어느 그릇에나 담기려면 모양이 정해진 고체여서는 안 된다. 또 그릇에

담기지 않고 날아가 버리는 기체여서도 안 된다. 그릇에 따라 그 모양을 바꿀 수 있고 그 자리에 한동안은 머물러 있는 액체 같은 사람이 군자, 즉 바람직한 인간이 될 수 있다. 한 자리에 머물러 있되 유연한 상태를 이루는 액체는 분자 사이의 '적절한 간격'에 의해 만들어진다.

부부나 친구 사이는 물론 부모 자식 사이에서도 좋은 관계를 오래도록 유지하고 싶다면 꼭 지켜야 할 점이 하나 있다. 가까이 있되 서로에게 기대지 말아야 한다는 점이다. 나이가 들수록 나도 기대지 말고 상대도 내게 기대지 못하도록 일정한 거리를 두어야 한다. 이건 매정한 얘기가 아니다. 이것이 오히려 그들을 오래도록 변함없이 사랑할 수 있는 길임을 잊어서는 안 된다.

딸에게 주고 싶은 것

30년 전, 내가 몸담은 회사가 거래하던 작은 인쇄소가 있었다. 어느 날 그 인쇄소 사장이 자그마한 박스를 하나 들고 왔다. 박스 안에는 업무 담당자인 내 이름이 박힌 원고지 100권(1만 장)이 들어 있었다. 내 전용 원고지를 찍어준 것이다. 지금 생각해보면 뇌물성 물건이었다. 하지만 그때는 정말 크게 감동하며 감사히 받았다. 당시 전용 원고지는 좋은 만년필을 갖는 것과 함께 소위 글 쓰는 사람들의 최고의 호사였다.

원고지만 쓰던 그때, 그까짓 1만 장 정도야 2, 3년이면 다 쓸 걸로 알았다. 하지만 얼마 후 워드 프로세서라는 기계

가 생겼고, 곧이어 컴퓨터로 글을 쓰게 되면서 원고지 쓸 일이 없어졌다. 한동안 연애편지를 쓸 때 열심히 사용했건만 여전히 30권 정도가 남았다. 그리고 영영 쓸 기회가 없을 것 같았다.

그런데 언젠가 한 온라인 강좌에서 원고지에 리포트를 써내라고 한 적이 있었다. 아마도 원고지 쓰는 법까지 익히게 하고 싶어서였던 것 같다. 그때 이미 컴퓨터에 입력하는데 익숙해져 버린 나는 원고지에다 직접 글을 쓰면 도통 글이 써지지 않았다. 그 기묘한 습관 때문에 컴퓨터로 글을 써서 프린트한 걸 보고 원고지에 베껴내곤 했다.

누렇게 변한 원고지에 글을 베껴 쓰고 있는데 딸이 '그 원고지'를 보고 화들짝 놀랐다.

"아니 이런 원고지가 다 있었어?"

"응, 오래전에 인쇄소 사장님이 어쩌고저쩌고……"

"근데 이걸 왜 써?"

"으응? 다른 원고지가 없어서……. 그리고 원고지야 글을 써줘야 제 역할을 하는 거니까."

그 얘기를 들은 딸은 잠시 자기 방에 들어가 부스럭거리더니 시중에서 파는, 자기가 쓰다 남긴 원고지 한 권을 찾아와 내 앞에 내밀었다.

"아깝게 그거 쓰지 말고 이거 써요."

제 딴에는 엄마 이름이 새겨진 원고지가 골동품처럼 여겨졌나 보다. 물론 남은 30권을 제 용도로 다 쓸 수는 없을 것이다. 아마도 다음 이사 갈 때쯤엔 그나마 다 버리게 될 것이다. 버릴 땐 버리더라도 딸이 보관할 용도로 한두 권은 남겨놓아야겠다는 생각이 든다. 그리고 문득 하찮지만 딸이 날 확실히 추억할 수 있는 물건들은 버리지 말고 따로 상자라도 하나 만들어 넣어 두어야겠다는 생뚱맞은 생각도 해본다.

서양 영화를 보면 다락방에서 나무 궤짝을 찾아내서 그 안에 든 물건으로 부모님이나 자신의 과거를 추억하는 장면들이 나온다. 가끔은 그 궤짝을 보관한 장소가 지하실이나 차고가 되기도 한다. 아무튼 어두컴컴한 장소 한구석에 방치되어 있던 그 궤짝에서는 부모님의 젊었을 때 사진, 자신의 어렸을 때 사진, 가지고 놀던 인형, 학교 다닐 때 받았던 스카우트 휘장, 돌아가신 어머니의 웨딩드레스, 아버지의 낡은 야구 모자 등이 나온다. 그런 것들은 그동안 지저분하고 귀찮고 하잘것없는 것으로 여겨져 구석에 처박혀 있었던 것들이다.

그러나 수년 혹은 수십 년 동안 손도 안 댔던 그 궤짝을

어느 날 문득 열어보면 그 안에 들어 있던 '하찮은 물건들'이 보물로 다가오기도 한다. 서양에서만 그런 게 아니다.

얼마 전 가족 모임 때 나보다 열다섯 살 위인 큰시누이가 집안을 정리하다 발견한 사진들을 가져왔다. 그 시누이가 열일곱 살 때 내 남편이 두 살이었으니 누나의 옛 사진 속 내 남편은 어디서나 귀엽고 깜찍한 막냇동생의 모습이었다. 다른 시누이들은 자신의, 혹은 서로의 모습을 발견하고는 그 촌스러운, 그러나 지금의 얼굴과 별반 다르지 않은 모습에 신기해하고 재미있어했다. 그리고 휴대폰을 꺼내 사진을 사진으로 열심히 찍어 자신들의 자녀들에게 전달하기도 했다.

큰시누이의 그 사진들도 한동안은 집안을 너저분하게 만드는 천덕꾸러기 취급을 받으며 어느 구석엔가 처박혀 있었을 것이다. 그런데 세월이 흘러 그 사진에 의미가 부여되면서 보물이 되었다. 그러니 지금 내버리려고 맘먹은 그 지저분한 물건들이 자신과 가족의 삶의 역사를 담은 것이 아닌가는 한번쯤 생각해볼 일이다.

열심히 간직해야 하는 것은 값비싼 것만이 아니다. 살림은 줄이되 세월이 지나면 다시는 구할 수 없는 것은 간직해야 한다. 결혼할 때도 예식비나 장롱, 냉장고 사는 데 많은

돈을 쓸 일이 아니다. 여력이 있다면 사진이나 비디오를 찍는 데는 투자할 필요가 있다. 세간은 망가지면 버리고 새것을 사도 된다. 하지만 세월의 흔적을 담은, 추억을 담은 물건은 다시 구할 수 없기 때문이다.

혹시 자녀가 있다면 그들에게 무엇을 기념으로 물려줄 것인가 생각해볼 일이다. 물질적 재산만이 훌륭한 유산이 되는 것은 아니다. 또 중요한 것은 자녀들이 부모의 기념품을 정말 기념으로 소중히 간직할 수 있도록 분위기를 조성하는 것이다. 나는 소중한 것이라 생각해서 물려줬는데 자녀에게는 쓸데도 없고 버리지도 못하는 애물단지나 쓰레기로 여겨질 수도 있기 때문이다.

그 분위기 조성은 어떻게 할 것인가? 그것은 평소 자녀와 가치의 공유를 위한 대화를 나누면서 만들어가야 한다. 부모의 생각을 강요해서는 안 되지만 무엇이 소중한 것인지에 대해서 평소에 많은 이야기를 나눌 필요가 있다. 그렇게 해야 부모의 기념물이 부모의 가치와 정신적 유산을 담고 있는 물건이 된다. 그래야 그 기념물이 자녀에게도 '기념'이 된다.

기념물을 통해 자녀에게 물려줄 것은 물질적 가치가 아니다. 부모가 어떤 삶을 살아왔고 무엇을 중요하게 여기는

지를 알려주는 것, 즉 정신적 가치를 물려줄 수 있다면 그게 의미가 있는 것이다. 물론 자녀가 그 가치에 동의할 수 있도록 모범을 보이는 것이 무엇보다 우선이다.

자녀는 부모의 뒤꼭지를 보며 자란다는 말이 있다. 부모가 반듯한 삶을 살았다면 웬만하면 자녀는 부모를 자랑스러워하고 본받으려 한다. 그럴 때 부모를 기념할 수 있는 증거물이 있다면 자녀는 그 물건을 골동품처럼 소중히 여길 것이다.

간편한 것, 깔끔한 것이 미덕이라지만 자녀에게 부모를 추억할 수 있는 물건 몇 가지쯤 남겨주는 것도 좋을 것 같다. 이왕이면 그 물건이 부모의 정신적 가치를 담은 것이면 좋겠다. 또 그 가치에 자녀가 동의해야 할 것이다. 그래야 더욱 오래도록 소중하게 간직될 수 있기 때문이다.

나를 키운 2퍼센트의 결핍

한창 소설 쓰기에 빠져 있을 때 나를 가르치던 교수와 술 한잔을 나눈 적이 있다. 국립 사범대를 졸업하고 교사라는 안정된 직업을 가졌던 그는 30대에 등단을 하여 소설가가 되었다. 그는 등단 후 소설에 올인하기 위해 '그 좋은' 직업인 교직을 떠났다고 했다. 그때는 다른 일을 하지 않고 집필에만 몰두하면 훌륭한 소설을 써낼 것 같아서 그런 결정을 했다고 한다. 지금 생각해보니 만족스러운 소설도 못 썼으면서 안정된 직장만 놓쳤다며 후회를 담은 푸념을 늘어놓았다.

그런데 그런 말을 듣고도 나는 그 교수의 삶이 부러웠다.

그 재미있는 소설 쓰기를 그는 젊은 시절부터 계속해왔는데 나는 너무 늦게 그 맛을 알았다는 게 아쉬웠다. 그래서 나도 푸념 한 마디를 던졌다.

"저도 진작 소설 쓰기를 시작할 걸 그동안 뭐 하고 살았나 모르겠어요."

나의 말에 교수는 화들짝 놀라며 손사래를 쳤다.

"그런 말씀하지 마세요. 황 선생님은 30~40대에 다른 일하며 재미있게 사셨잖아요. 나야말로 괜히 소설 쓴다고 끙끙거리느라 그 좋은 직장과 좋은 시절을 다 날려 보냈지요."

술기운이 묻어나는 그의 대답에 새삼스럽게 나의 30~40대를 떠올리게 되었다. 그 시절 나는 무슨 생각으로, 뭘 하면서 살았지? 정말 나의 젊은 시절은 재미가 있었던가? 열심히, 정열적으로 일한 기억은 나는데 거기에 '재미'라는 말을 붙이니 조금은 어색한 것 같기도 하다. 일하는 재미도 진정한 재미로 봐줘야 하는 걸까?

소설뿐만 아니다. 50세에 테니스를 배우기 시작한 나는 몸이 재빨리 반응하는 젊은 시절부터 테니스를 쳐왔던 아줌마들이 부럽다. 돌이켜보면 중학교 때, 대학교 때, 직장 생활하던 30대에, 테니스가 자신을 선택해달라고 나에게

손을 흔들던 장면이 추억의 곳곳에 박혀 있다. 하지만 나는 그 손을 50세에야 비로소 잡았다. 왜 진작 기회를 안 잡았을까? 몇 차례나 레슨받을 기회를 왜 다 의미 없이 뿌리치고 말았을까?

몇 년 전, 대학 졸업한 지 30년째라 모교에서 홈커밍데이 행사를 한다고 연락이 왔다. 모교 동창의 날 행사에 참가했다가 졸업 후 30년 만에 과 동기들을 만났다. 몇몇을 제외하고는 그동안 소식을 모르고 지냈기 때문에 첫 모임은 서로의 근황을 묻느라 많은 시간을 보냈다.

나는 사범대학 출신이라 동기 중에는 그때까지 현직 교사이거나 교사였던 친구가 많았다. 그들은 교감이 되어 안정된 지위에 있거나 희망 퇴직을 해서 시간적·경제적 여유를 누리며 살고 있었다. 그 동창들을 만난 후 나는 느닷없고도 주책없는 후회에 빠져들었다. 나는 왜 교사라는 직업을 선택하지 않았을까? 교직에 있었다면 나도 저들처럼 어느 지위에 올랐거나 퇴직하여 연금으로 여유로운 여생을 즐기고 있을 텐데. 대학교 4학년 때 교수님 추천으로 우리과 1호로 회사에 취직했던 그 자랑스러움까지 후회로 바뀌었다. 좀 더 기다렸다가 더 좋은 직장을 택할 걸, 뭐가 그렇게 성급했을까?

돌이켜보면 나는 사범대학생이었지만 교사가 될 꿈은 한 번도 꾸지 않았다. 사범대가 교사를 키워내는 대학이라는 인식도 제대로 가지고 있지 않았다. 단지 대학교 입학시험을 볼 때 인문대보다는 들어가기 조금 쉬울 것 같아서 사범대를 지망한 것이다. 4년 동안 교직 과목을 필수로 들으면서도 졸업을 위해 어쩔 수 없이 필수 학점을 딴다고 생각했을 뿐이다.

대학교 4학년, 교생 실습을 다녀오고는 그나마 조금 남아 있던 교사가 될 가능성까지 완전히 접어버렸다. 교사는 그 직분을 맡도록 하늘이 시킨 사람이 해야 하는데 나는 거기에 해당되지 않는다고 철석같이 믿고 살아왔다. 다른 친구들이 임용고사를 준비할 때 나는 언론사 입사 준비를 했다. 또 교직에 교수님 추천을 받을 만큼 성적이 좋지도 못했다. 그러니 교수님 추천 운운할 처지가 아니다.

20대 후반까지 다니던 직장의 퇴직자 모임이 몇 년 전에 결성되었다. 예전에 함께 다니던 사람들 중 30년 근속을 하고 여유로운 은퇴 생활을 하는 후배를 만났다. 그는 재직 중 숲 해설사 자격증을 취득했고 은퇴한 지금 고향에 내려가 인기 있는 숲 해설가로 활동하고 있었다. 그는 정말 그 일을 즐기고 있었다. 일이 즐거우니까 더 잘 하려고 연구하

고 노력하고 그 덕분에 더욱 인기가 높아져 해마다 재임용이 된다고 당당하게 말하는 그의 모습이 정말 부러웠다.

그는 나도 한때 다녔던 그 회사에 다니며 틈틈이 숲 해설가가 되는 준비를 했다. 그 회사는 그만큼 안정되고 여유로운 직장이었다. 그런데 나는 그렇게 좋은 회사를 왜 그렇게 떠나지 못해 안달이었을까? 여섯 시면 칼같이 퇴근할 수 있고 빨간 날은 반드시 쉬었으며 퇴근 시간을 넘겨 일하면 법에 따라 특근 수당 챙겨주는 그 직장이 그땐 왜 그렇게 답답하게 느껴졌을까?

동절기 3개월 동안 그 직장의 퇴근 시간은 다섯 시였다. 겨울이라지만 아직 해가 떠 있는 시간에 회사를 나올 수 있었던 나는 무엇을 하며 그 시간을 보냈던가? 동료들과 몰려다니며 한 시간 더 술 마시고 그만큼 더 취했을 뿐이었지. 나는 숲 해설가가 된 후배처럼 그 여유로운 시간을 활용하여 자기 계발을 할 생각은 왜 못했을까?

난 좀 더 역동적인 직업인 카피라이터가 되기 위해 연봉을 낮춰서까지 광고회사로 이직했었다. 왜 그랬을까? 결국 옮겨간 회사에서는 1년도 채 견디지 못했으면서 밤늦게까지 야근을 일삼는 회사가 그때는 왜 그렇게 활기차고 '뭔가' 있어 보였을까? 별별 말도 안 되는 후회가 다 몰려온다.

나는 이제껏 살아오면서 내가 가지 않은 길에 대해 후회해 본 일이 별로 없다. 삶은 천천히 달리는 기차와도 같고 나는 튼튼한 다리를 가져서 내가 원하면 중간에 내려 딴 짓을 하다가 다시 기차를 따라가 올라탈 수 있다고 생각했다. 그런데 50대 중반에 들어서면서 천천히 달리는 기차조차 따라잡을 수 없을 만큼 내 다리에 힘이 빠졌다는 생각이 들기 시작했다. 그냥 이 기차에 타고 있어야지 어설프게 한번 내리면 영영 기차를 놓쳐버릴 것 같다는 두려움마저 든다. 그러니 이제 다른 길을 넘볼 엄두는 못 내고 아직도 해보지 못한 일에 대한 아쉬움만 커진다.

하지만 후회는 접어버리기로 했다. 어떤 길을 걸었더라도 지금 나는 이 자리에 서 있을 것이기 때문이다. 운명론적인 애기가 아니다. 이제껏 했던 그 모든 결정이 다 내가 내린, 당시로서는 최선의 결정이었기 때문이다. 교사가 되었어도 나는 광고회사로 자리를 옮겼을 것이다. 시간이 넘치고 남아났어도 테니스를 배울 생각은 하지 않았을 것이다. 안정된 직장에 눌러 앉아 있으면서 나 자신의 무능력에 나는 얼마나 불행해 했을까? 연금을 꼬박꼬박 넣으면서 박봉을 얼마나 한탄했을까? 할 일이 없어 멀미가 났는데도 소설 쓸 생각을 못한 건 아니다. 소설가 교수의 말이 맞다.

난 그 시절 정말 재미있고 보람찬 일을 찾아 내 삶을 불태우느라 다른 것에 눈을 돌릴 겨를이 없었던 것이다.

물론 내가 가지 않은 길로 들어서서 지금 부러워하는 것처럼 순탄하고 더욱 안정된 길을 걸었을지도 모른다. 하지만 순탄함과 안정이 행복을 가져다준다는 보장은 없다. 부질없는 후회를 떨치고 이성적으로 생각해보면 나를 오늘의 나로 키운 것은 내게 닥친 시련들이었다. 나를 끊임없이 움직이게 했던 원동력은 바로 2퍼센트가 채워지지 않는 결핍이었다.

내가 걸어온 그 길들로 인해 오늘의 내가 살고 있다. 다시 시작해도 그 길들을 그대로 걸을 것이다. 그게 바로 내 모습이니까. 그래도 혹시 내려놓지 못할 회한이 있다면 그 기억으로 미래를 비춰야 한다. 진실로 중요한 것은 지나간 과거가 아니라 닥쳐올 미래이니까.

절벽 허물기

수년 전 〈절벽산책〉이란 책을 읽은 적이 있다. 서점에서 우연히 발견한 책인데 제목에 이끌려 책을 구입하였다. 제목에 담긴 절박함이 왠지 내 마음을 끌었다. 아마도 그 책을 처음 만났을 때 나 스스로 절벽 위에 서 있다고 느꼈던 것 같다. 그래서 나는 서슴지 않고 그 책을 샀다. 물론 내용도 제목 못지않게 매력이 있었다.

40대 초반의 미국 대학교수가 겪은 실화였다. 그는 실직하여, '교수로 보이고 싶은 백수'로서 2년여를 살았다. 당연히 좌절의 세월이었다. 그러다가 다 털고 목수로 다시 태어나는 이야기. 비참하거나 구질구질하게 심정적인 동정을 구

하는 얘기는 아니었다. 정말 당시 내 상황에 절실히 필요한, 실제적인 얘기였다. 그래서 더욱더 절절하게 가슴을 울렸다.

그는 '백인 영문과 교수'였다. 미국에서 백인 영문과 교수는 공급 과잉이었다. 마치 우리나라에서 어설픈 인문계 대학을 졸업하면 전공 찾아 취직하기 어려운 것과 비슷한 상황이다. 대학교수 자리를 찾으러 다니는 그에게 현실은 녹록지 않았다. 하지만 쉽게 눈높이를 낮추기도 어렵다. 비싼 돈 들여 대학과 대학원까지 마친 석사로서 스스로 고급 인력이라고 여기고 있었기 때문이다.

대학들로부터 계속 취업을 거부당한 끝에 그가 찾아간 곳은 직업소개소였다. 그곳에서 처음 눈에 들어온 광경은 취업의 순서를 기다리는 노무자들의 길고 긴 줄이었다. 그 줄에는 그동안 자신이 무시했던 아시아 저개발국의 노무자들까지 섞여 있었다. 그런데 그곳에서는 아시아계 노무자나 자신이나 같은 자격으로 대접받았다. 그 소개소에서 "석사 출신의 교양 있는 근로자를 찾습니다"라고 단박에 자기를 불러줄 것이라는 기대를 가졌다는 얘기는 정말 실감나는 '압권'이었다.

또 그는 밤마다 잠을 못 이루며 집안에 팔아치울 것들이 없나 둘러봤다고 했다. 나도 한동안 그런 경험을 한 적이

있다. 나의 경우 그러기를 포기한 이유는 살기가 나아져서가 아니라 집에는 더 이상 돈 되는 것이 없다는 것을 인식했기 때문이다. 한때 일주일에 한 번씩 로또 복권을 산 적도 있다. 그리고 추첨할 때까지 멋진 꿈을 펼치곤 했다. 그 꿈을 좀 더 길게 유지하기 위해 월요일 신문이 올 때까지 당첨 번호를 확인하지 않았다.

복권과 관련하여 가장 비참해지는 때는 당첨이 안 되었음을 확인했을 때가 아니었다. 나의 경우, 그럼에도 불구하고 다시 또 새로운 복권을 살 때 스스로 가장 비참하다고 느꼈다. 로또 복권을 안 사게 된 이유도 당첨되기 어렵다고 생각했기 때문이다. 이러저러한 이유로 나는 이 작가의 심정을 너무도 잘 알 것만 같았다.

작가는 돈 받고 아이를 입양시킬 궁리까지 했다고 했다. 아내가 임신한 사실을 알자 그 뒤부터 신문에 난 입양 요망 광고가 유난히 그의 눈에 띄었다. 심지어는 광고를 낸 그 집에 찾아가기도 했다. 하지만 그 집의 초인종은 누르지 못하고 주변을 배회하다가 돌아온다. 그리고 태어나지도 않은 동생을 팔아먹으려 했다는 자책감에 아이들 대하기 민망해하기도 한다.

교수로 재직할 때 자신을 존경해서 그의 영향으로 인생

의 방향을 바꿨다는 제자들이 떠올랐다. 그때 그들이 말한 "교수님의 명강의, 교수님이 소개한 그 멋진 구절들, 물질보다는 정신적인 가치의 중요성에 대한 강조"들이 얼마나 비현실적인 허구였는가를 깨닫게 된다. 생각해보면 그때 학생들에게 관념이 아니라 실제 생활에 필요한 실용적인 정보를 하나라도 더 알려줄 걸 하는 후회가 밀려온다.

이 책을 읽을 때 이런 에피소드 하나하나가 모두 정말 공감이 가고 이해가 되었다. '인생에서 갑자기 닥치는 절벽'을 극복하기에 대한 성공 사례 같은 이야기. 그것이 실직이든 또 다른 무엇이든 한 발만 옆으로 내디디면 우리 인생의 주변에는 어디나 다 절벽이 있다고 생각했다. 물론 절벽은 그 누구에게도 예외 없이 맞닥뜨려지는 일이기도 하다.

돌이켜보면 내 주변에도 그런 사람들이 있었다. 50대 중반 정년퇴직을 불과 4년 앞두고 30여 년간 몸담아 온 직장을 그만두던 내 아버지가 그랬을 것이고, 자의든 타의든 백수로 2년여를 지낸 내 남편도 절벽을 만났을 것이다.

아버지는 정년퇴직이라는 타의에 의해서가 아니라 남들 보란 듯 스스로 폼이 나게 직장을 그만두고 싶어 하셨다. 어머니는 당연히 만류했다. 막내인 내가 고등학교 1학년 때의 일이니 아직 자녀들의 교육이 끝나지 않았고 결혼시켜

야 할 자녀가 셋이나 남은 때였다. 그때 아버지는 "30년간 부려먹었으면 됐지, 나도 이제 쉬고 싶다"라고 하셨다. 그 책을 읽을 때 내 직장생활이 15년 차에 접어들고 있었다. 그때 난 이렇게 생각했다.

'그래, 불과 15년 직장생활한 내가 해고든 권고든 누가 계기만 마련해 주면 핑계 김에 무작정 그만두겠다고, 이렇게 쉬고 싶어 안달인데 갑절의 세월을 한 직장에 다닌 아버진 휴식에 대한 열망이 얼마나 더 강렬했을까?'

아버지는 기어이 스스로 은행을 그만두셨다. 나에게까지 알리지는 않았지만 아버지는 나름대로의 대책을 세우고 계셨을 것이다. 하지만 세상 일이 다 뜻대로 되는 것은 아니다. 퇴직금이란 목돈은 받기 전에는 대단히 많은 것으로 여겨지지만 막상 손에 쥐고 나면 별로 큰돈이 아니게 마련이다. 또 목돈 그 자체가 돈을 만들어주는 것이 아니다. 뭔가에 투자해야 돈이 되는데 그건 성실한 은행원 출신의 아버지에게는 언제나 위험한 모험이었다. 결국 한동안 우리는 곶감 빼먹듯이 아버지의 퇴직금을 축내며 살 수밖에 없었다.

그런데 그때 아버지가 만난 절벽이 그냥 경제적인 문제만이었을까? 난 그 점에 대해서는 생각도 하지 않았다. 내색

은 안 했지만 난 단지 아버지의 실직으로 인한 경제적 불편과 그를 야기한 아버지의 이기적인 판단과 인내 부족에만 관심을 두었을 뿐이다. "유능한 가장으로 보이고 싶은 백수"의 절망은 알지 못했고 관심도 두지 않았다. 그건 남편이 실직했을 때도 마찬가지였다.

사실 나는 〈절벽산책〉이라는 책을 선택할 때 책 속의 절벽이 '실직에 의한 좌절'이라고는 생각지 못했다. 다만 내가 때때로 만나는 절망에 공감과 위로를 가져다줄 '절벽'을 기대했을 뿐이다. 그러나 나이가 들면서 '나이 듦' 그 자체가, 그리고 직장을 떠나야 하고 일거리를 잃어버린다는 것이 절벽을 마주하는 상황일 것이라는 생각을 하게 되었다. 그리고 내 또래의 주변 사람이 "유능한 가장으로 보이고 싶은 백수"로서 그 아슬아슬하고 절망적인 '절벽'을 '산책'하듯 일상적으로 걷고 있을 것이라는 생각도 든다.

책의 내용은 해피엔딩이다. 석사도, 스스로 유능한 고급 인력이라는 자만심도 다 내려놓고 목수 일을 배워 성실한 목수로 거듭나는 이야기. 목수가 고급 인력이 아니라는 얘기가 아니다. 다시 태어나려면 기존에 자신이 갇혀 있던 세상을 포기하지 않으면 안 된다는 얘기다.

헤르만 헤세의 소설 〈데미안〉에 나오는 아프락사스라는

신의 이야기가 떠오른다.

"새는 알을 깨고 나온다. 알은 곧 세계이다. 태어나려고 하는 자는 하나의 세계를 깨뜨리지 않으면 안 된다. 그 새는 신을 향해 날아간다. 그 신의 이름은 아프락사스이다."

알을 깨고 나오면 새로운 삶이 기다리고 있다. 알을 깨지 못하면 새로운 세상은 구경도 못하고 오로지 절벽 같은 알껍질만 마주하다가 죽어갈 뿐이다. 누구에게나 '자기 앞의 절벽'은 다 있다. 그것이 더 높든 덜 높든 그건 차이가 될 수 없다. 천 길이든 2천 길이든 낭떠러지에서 떨어지면 뼈도 못 추리는 것은 마찬가지니까.

자기 앞의 절벽은 자신이 쌓는 것일 수도 있다. 그리고 그 절벽의 높이는 절벽을 쌓는 데만 몰두한 사람일수록 더 높아질 수밖에 없다. 안정적인 직장에서 그 일에만 몰두했던 사람일수록 퇴직의 쇼크와 퇴직 후 삶의 무료함이 더욱 큰 것과 같은 이치이다. 절벽이 더 높아지기 전에, 더 견고해지기 전에 자기 앞의 절벽을 허물려는 노력이 필요하다. 그것은 알을 깨고 새로운 세상으로 나오려는 노력이다. 지금은 절벽을 허물고 알을 깨야 하는 때이다.

본질은 변치 않는다

나의 어릴 적, 정확히 말해 초등학교 6학년 이후 한동안의 꿈은 '이화여대 총장'이 되는 것이었다. 단순하게 얘기하자면 높은 사람이 되고 싶었던 것이다. 그런데 왜 하필 이대 총장인가? 초등학교 6학년짜리가 어떻게 그런 생각을 했는지는 모르겠지만 그때 내가 그런 꿈을 갖기까지는 꽤 복잡한 생각의 과정이 있었다.

나 어릴 때 아이들은 장래 희망으로 대통령이나 장군을 많이 이야기했다. 그런데 당시에는 여자들이 고위직에 오르는 것은 거의 불가능한 일이었다. 대통령은커녕 장관 중에도 여자 찾아보기는 정말 힘들었다. 국회의원이 된다 해

도 남자들 사이에 구색 맞추기로 한두 명 정도 섞여 있는 것이 고작이었다. 뿐만 아니다. 남녀공학의 경우 학생회장이나 학보사 편집장 등 최고 간부의 자리는 남학생이 하도록 아예 못이 박혀 있었다.

여군의 경우 간호병과 외에는 장군은커녕 장교도 찾아보기 힘들었던 그 시대에 여자가 아니면 할 수 없는 높은 자리가 있었다. 그것은 이화여대 총장이었다. 당시 이화여대 총장은 3부 요인 정도는 아니었지만 중요한 행사가 열리면 귀빈석에 안내되는, 대접받는 인물이었다.

지금은 여자가 대통령을 하고 사관학교나 경찰대학 수석 입학, 수석 졸업도 여자들이 차지하는 시대이다. 하지만 내가 이대 총장의 꿈을 키우던 시대는 여자는 결혼하면 회사를 그만둬야 한다는 사규가 버젓이 존재하던 시대였다. 나는 그때 여자로서 가장 출세할 수 있는 자리가 이화여대 총장이라고 여겼고, 그래서 그 자리에 올라보겠다고 생각한 것이다.

이제 와 돌이켜보면 나는 그때 대통령 이상의 높은 자리를 꿈꿨다. 다만 현실적으로 가능한 자리가 이대 총장이라고 여겼을 뿐이다. 그런데 그때만 해도 이화여대 총장이 되려면 세 가지 요건을 충족해야 한다는 말이 전해지고 있었

다. 이대를 졸업해야 하고 이대에서 교수로 일해야 한다는 조건 외에 불문율로 여겨졌던 한 가지 조건이 더 있었다. 지금은 사라져버린, 독신 여성이어야 한다는 조건이었다.

사실 그건 정해진 조건은 아니었다. 단지 그때까지 역임한 총장들 중 기혼자가 없었기에 생긴 말이다. '외조(外助)'라는 말조차 없었던 그때에는 여자가 외국 유학을 갔다 오든 국내에서 공부하든 학자로서 멀고도 험한 길을 걸으려면 결혼할 겨를이 없었던 것이다. 학문과 결혼했다고 말하는 여성학자도 많았다. 그런 이유 때문이었는지 내가 대학교에 다닐 때 나를 가르친 은사님들도 대부분이 독신 여성이었다.

아무튼 나는 이대생이 되는 것까지는 성공했다. 그런데 대학교에 입학하자마자 동아리 활동에, 학보사 기자에, 딴짓하느라, 노느라 정신이 팔려 학점도 엉망이고 공부는 아예 뒷전에 밀어두었다. 당연히 공부를 업으로 삼아야 하는 두 번째 조건은 나와 먼 이야기가 되어버렸다. 또 결혼을 안 하고 살 마음도 없어져 세 번째 조건에도 적합지 않은 사람이 되었다. 그렇게 나는 10년 가까이 가졌던 꿈을 너무도 쉽게 버리고 말았다.

그렇게 원대하던 꿈은 나이가 들면서 점차 사라져갔다.

'사라져갔다'라는 표현보다는 나의 현실을 좀 더 가까이, 확실하게 인식하게 되었다는 말이 더 어울릴 것 같다. 어린 시절부터 유난히 명예욕이 강했던 내가 '높은 자리'에 오르지 못할 것이고 역사에 남는 사람이 되기는 틀렸다는 생각을 하면서 불행해 하기도 했다. 그런 과정을 거쳐 나의 '가장 큰 꿈'이 바뀌어갔다.

중간에 어떤 과정이 있었는지는 잘 생각나지 않는다. 그런데 결혼을 할 무렵 나의 가장 간절한 꿈은 아이 손잡고 버스 정류장에 나가 퇴근하는 남편과 함께 집에 돌아오는 것으로 바뀌어 있었다. 얼마나 쉽고도 간단한 꿈인가? 이런 평범한 꿈이야 못 이룰 이유가 있겠는가?

그런데 결혼한 후 30년이 지난 지금까지 내가 남편 마중하러 버스 정류장에 나간 것은 딱 두 번 있었을 뿐이다. 못 나간 이유는 다양하다. 결혼 초기에는 함께 살던 시어머니를 도와 저녁 준비하느라고 마중을 못 나갔고 몇 년은 주말부부 생활을 하느라고, 몇 년은 남편의 실직으로, 또 몇 년은 남편이 거의 매일 아이가 잠든 후 오밤중에 퇴근해서, 그리고는 함께 출근하고 함께 퇴근하는 일을 하게 되어서 마중을 나갈 수가 없었다.

인생 참 얄궂다. 어떻게 그렇게 쉽고도 평범한 꿈조차 제

대로 이룰 수 없다는 말인가? 진짜 슬퍼할 일은 역사에 이름을 남기지 못한 것이 아니라 내가 그런 평범한 여유도 누리지 못하고 살았다는 것이다.

최근 몇 년 전에 또 다른 간절한 꿈이 생겼다. 강남역 같은 번잡한 곳에서 커다란 테이크아웃 커피잔 들고 엉덩이를 살랑거리며 한가롭게 걸어보는 것, 더러는 창문 큰 카페에 홀로 앉아 바깥의 분주히 다니는 사람들 멍하니 구경하는 것. 한 마디로 요약하자면 정말 한가롭게 살아보는 것이다.

그런데 그것도 잘 안 된다. 난 남들 20분 걸려 걷는다는 2호선 강남역부터 9호선 신논현역까지를 8분에 주파한다. 거의 경보 수준으로 바쁘게 걷는다. 뭔가 여전히 바쁘기도 하지만 성격 탓도 크다. 원래 성격이 느긋하지 못하고 안달복달한다. 난 미용실에 가서 무작정 기다리고 앉아 있지 않는다. 미리 전화를 걸어 손님이 별로 없을 때를 물어보고 그때에 맞춰 미용실에 간다. 그것도 꽤 귀찮은 일이지만 반드시 그렇게 한다.

아무리 맛있는 식당이라 해도 줄 서서 기다려야 하는 집에는 가지 않는다. 하고많은 식당을 제쳐두고 하필 그 식당에 가서 줄까지 서서 밥 먹어야 한다는 것이 맘에 안 든다.

더욱 싫은 것은 바깥에 내가 일어나길 기다리는 사람이 있다는 것이다. 줄 서서 기다리는 사람을 보면 따로 재촉당하지 않아도 음식을 먹는 건지 밀어 넣는 건지 알 수 없게 되어버린다. 음식 맛을 제대로 음미할 겨를이 없으니 그런 식당이 맛집으로, 다시 가고 싶은 집으로 여겨질 리 만무하다.

그런 성격 때문에 내가 커피잔 들고 한가하게 거리를 활보할 수 없는 것이다. 생각해보니 남편을 마중하는 것도 그렇다. 정말 이루고 싶었다면 "어머니, 잠깐만 다녀올게요"하고 앞치마를 풀었을 것이다. 아들 마중 나간다는 며느리를 시어머니가 말리지는 않았을 것이다. 단지 그래서는 안 될 것 같다고 내 성격이 판단하여 결정한 일이다.

그럼에도 불구하고 '내 생애 가장 큰 꿈'은 계속 생산된다. 지금의 가장 큰 꿈은 수원에서 매년 실시하는 을묘원행 재현 퍼레이드에서 '혜경궁 홍씨' 역할을 해보는 것이다. 내가 생각해도 내 꿈들은 정말 생뚱맞기 그지없다. 남들은 생각도 않는 그런 생뚱맞은 꿈을 계속 만들어내고 그것을 실현하기 위해 숨 쉴 틈도 없이 동분서주한다.

얼마 전 열린 동창 모임에 바쁜 일이 있어 못 간다고 하니 친구 한 명이 문자를 보내왔다.

"인희야, 그러지 말고 너를 위해 네 시간만 써. 왔다 갔다

밥 먹고 하면 세 시간이면 되나?"

이 문자를 보는 순간 화가 치밀어 올랐다. '남의 사정은 고려하지도 않고 왜 이렇게 일방적으로 자기 기준에서 얘기할까?'라는 생각이 들어서이다. 또 나를 위해 한 그 친구의 말이 "어쩌다 네 시간도 자신을 위해 못 쓰는 불쌍한 사람이 되었니? 쯔쯧"이라고 얘기하는 것 같아서였다.

설마 네 시간 정도 나를 위해 투자할 수 없었을까? 마구 달려가서 허둥지둥 밥 먹고 돌아와야 했을 텐데 그렇게 허둥대며 다니는 것이 싫어서 못 간다고 한 것이다. 그런데 자격지심에 화가 났다. 나의 여유 없는 삶을 비난받은 것 같았다.

그 친구의 문자를 받은 후 정말 내 인생이 가련하다는 생각이 들었다. 내가 고관대작을 꿈꾸는 것도 아니고, 버스 정류장에 남편 마중 나가는 것, 한가하게 커피잔 들고 거리를 활보하는 것, 이 정도 사소한 꿈조차 이루지 못하고 살아가는 내 인생은 대체 뭔가? 인생사 다 뜻대로 되지 않는다고 하지만 이건 너무한 것 아닌가?

생각이 여기에까지 이르렀을 때 문득 '내가 환갑을 바라보는 이 나이까지 이렇게 여유 없이 살고 있는 진짜 이유는 무엇인가?'라고 스스로 묻게 되었다. 물론 나도 할 말은

많다. 누가 왜 아직도 그렇게 사느냐고 묻는다면 나는 당연히 "그야 아직도 먹고살기 위해 발버둥 쳐야 하니까"라고 말할 것이다. 하지만 먹고사는 것을 걱정하는 남들도 다 나처럼 여유 없이 사는 건 아니다.

곰곰이 생각한 결과 내가 어릴 때 가졌던 꿈을 아직 버리지 못했기 때문이라는 결론을 내렸다. 물론 나는 이제 '이화여대 총장'이 될 수는 없다. 하지만 나는 아직도 남 앞에 서는 '최고의 자리'에 오르고 '역사에 남는 인물'이 되겠다는 본질적 꿈을 버리지 않았다. 그래서 남보다 더 바쁘게, 더 부지런히 움직이고 있는 것이다.

그렇게 생각하니 마음이 오히려 조금 편하다. 내 본질을 들여다보고 거기에 충실해지니 말이다. 내가 원래 그렇게 명예욕과 공명심이 강한데 그것을 어떻게 할 것인가? 본질을 좇아 살아가는 내 인생이 최소한 가련하지는 않다.

최근 〈논어〉를 배울 기회가 생겼다. 〈논어〉에는 군자와 소인을 구별하는 얘기가 많이 나온다. 또 간신의 특징에 대해서도 가끔 가르쳐준다. 그런데 강의 시간이 거듭될수록 나 자신이 정말 소인이고 간신의 특징을 갖추고 있다는 생각이 들었다. 그런데 이게 웬일일까? 나를 그렇게 인정하고 나니 훨씬 더 마음이 편해지고 스스로 당당해지는 기분이

들었다. 요즘 나는 스스로에 대해 이렇게 평한다.

"나는 일생 공명심에 사로잡혀 살았고 아직도 거기서 벗어나지 못했어요."

"난 잘난 척을 위해 웬만한 금전적 손해도 감수하지요."

"나는 공자님이 비판한 소인과 간신의 특징을 고루 갖추고 있더라고요."

내 이야기를 듣는 사람들은 약간 의아해한다. 어떻게 스스로에게 그런 말을 할 수 있는가 하고. 그러면 나는 다시 한번 나의 잘난 척에 대해 쐐기를 박는다.

"공자께서 '아는 것을 안다 하고 모르는 것을 모른다 하는 것, 이것이 곧 아는 것이다'라고 말씀하셨지요(《논어》 위정편17). 나는 나의 문제점을 알고 있으니 스스로를 모르는 사람보다는 나은 것 아닌가요?"

나이가 들수록 내가 본래 어떤 사람이었는지, 무엇을 추구했던 사람인지 생각해보고 그것을 알고 있어야 할 일이다. 본질은 변치 않는다. 그러니 솔직하게 본질을 인정하고 그것을 긍정적으로 받아들이는 것, 그것이 나를 편하게 하는 지름길이다.

별, 우주가 전하는 메시지

외환 위기가 한 차례 우리나라를 강타하고 지나갈 무렵, 업무상 알고 지내던 사람 하나가 느닷없이 사라져버렸다. 아침에 출근을 안 했는데 온다간다 전화 한 통 없었다. 하지만 연락이 안 닿으니 기다릴 수밖에 없었다. 그런데 저녁 때쯤 그의 아내로부터 전화가 걸려왔다.

"제 남편 어제 회사에서 야근했나요? 어제 집에 안 들어왔는데 아직 연락이 없어서요."

배울 만큼 배웠고 번듯한 직장도 가졌으며 맞벌이하는 아내와 여덟 살짜리 딸까지 둔 40대 초반의 남자가 온다간다 말도 없이 증발해버렸다. 실종 신고를 하고 가족과 회사

동료들이 열심히 찾아다닌 결과 열흘 만에 그를 발견할 수 있었다. 그야말로 '발견'이었다. 그는 서울역 지하도에서 노숙자들 틈에 끼어 생활하고 있었던 것이다.

그로부터 2년쯤 후 멀쩡한 사회인으로 돌아온 그를 다시 만나게 되었다. 그의 일탈적 과거에 대한 이야기는 그 직장 안에서 그와 나 사이의 비밀이었다. 그런데 어떤 상황이었는지 기억은 잘 안 나지만 그가 '그 기간'의 이야기를 해야 할 때가 있었다. 그럴 때마다 그는 "내가 안드로메다에 갔을 때"라는 표현을 사용하곤 했다.

그의 일탈이 정말 말도 안 되는, 무책임하고 치기 어린 행동이었다는 생각에는 20년이 된 지금도 변함이 없다. 그를 찾기 위해 가족과 회사 사람들이 얼마나 애를 태웠을지를 생각하면 정말 그를 이해할 수도, 이해하고 싶지도 않다.

하지만 그로부터 '안드로메다'라는 말을 들었을 때는 왜 그렇게도 가슴이 벅차올랐는지. 그가 무슨 생각으로 직장, 가정을 버리고 느닷없이 서울역으로 갔는지 이유는 끝내 알 수 없었다. 그러나 그때 그가 정말 안드로메다에 다녀왔을 것이라는 점만은 인정해주고 싶었다.

별! 안드로메다를 비롯한 별은 예로부터 우리 모두의 꿈이고 이상의 세계, 희망의 상징이었다. '별'은 엄밀하게 말

하면 항성만을 가리킨다. 태양처럼 스스로 빛을 내는 항성만이 별이라 불릴 수 있다. 지구를 비롯하여 금성이나 화성 같은 행성은 물론 달과 같은 위성은 별 축에도 못 낀다. 그런데 일반적으로는 그냥 밤하늘에 떠서 우리 눈에 반짝이는 게 보이면 무조건 별이라 부른다. 그래서 항성의 빛을 받아 반짝이는 달도, 금성도, 화성도 넓은 의미의 별이다.

지금 우리 눈에 보이는 별 중에는 빛의 속도로 몇백만 년이 걸리는 거리에 떠 있는 것도 있다. 그중에는 몇백만 년 전 반짝 빛을 내고 파괴된 것도 있을 것이다. 이미 오래전에 파괴된 별의 빛을 보고 우리가 희망을 얻는다는 것이 참 허망한 얘기이긴 하다. 하지만 그것과 상관없이 수많은 별의 빛을 보면서 무한한 우주를 동경하고 꿈을 키웠던 것이 우리네의 삶이었다.

그래서 우리는 오래전부터 별을 노래해 왔다. '저 별은 나의 별, 저 별은 너의 별' '별 헤는 밤' '별은 내 가슴에' '별빛이 쏟아지는 밤', 이런 식으로 문학 작품에서도, 대중가요에서도, 드라마 제목에서도 별은 단골 소재가 되어왔다.

그런데 언젠가부터 별을 안 보고 살기 시작했다. 사람들의 대화에서도 별 이야기가 사라졌다. 이유인즉 대도시에서는 공해 때문에 별을 보려야 볼 수도 없기 때문이란다.

또 한밤중까지도 주위를 밝히는 다른 불빛이 워낙 많아서 별이 제대로 보이지 않는다는 것이다. 날마다 별이 뜨고 지는 것이 아니라 늘 그 자리에서 반짝이고 있다가 밤이 되어 주변이 어두워진 후에야 비로소 우리 눈에 보이게 된다. 그런데 밤이 되어도 주변이 어두워지지 않으니 별이 보이지 않는 것이다.

그러면 우리 스스로 별을 보기 위해 노력은 하고 있는 걸까? 가끔 내가 너무 땅만 보며 살아가고 있다고 생각한다. 눈을 들어 하늘을 보면 아직도 낮에는 푸른 하늘과 예쁜 구름이 있고 밤에는 북극성과 북두칠성을, 아니 최소한 크고 밝게 빛나는 달을 볼 수 있는데 말이다.

몇 해 전 서해안에 있는 궁평항에 간 적이 있다. 내가 살고 있는 수원에서 50킬로미터 정도 떨어진 곳에 있는, 수원역에서 시내버스도 다니는 가까운 항구이다. 가깝다고 너무 느긋하게 움직인 탓일까? 낙조를 보러 간 것이었는데 생각보다 늦게 도착하는 바람에 도착하니 어둑한 바다에 갈매기 떼만 요란하게 날고 있었다.

낙조는 다음에 다시 보러오고 회나 한 접시 먹고 가자고 돌아서려는데 저 멀리 초승달이 눈에 선명하게 들어왔다. 달이야 자주 볼 수 있는 것이지만 그 옆에서 밝게 빛나는

두 개의 큰 별은 참 새로운 광경이었다.

밤하늘에서 유난히 크게 빛나는 별을 보면 가장 먼저 생각해보는 게 있다. 저거 혹시 멀리 떠가는 비행기 불빛 아닐까? 그날도 이런 의심을 해봤지만 불빛은 한동안 움직이지 않았다. 분명한 별이었다. 더욱 신기한 것은 두 개의 별은 두 눈으로, 아래 초승달은 입 모양으로 마치 웃고 있는 얼굴 모양으로 보였다는 것이었다.

남편은 "저거 봐, 저 별들 꼭 웃는 얼굴 같네"라며 그 별들을 열심히 카메라에 담았다. 나는 그동안 모처럼 밝게 빛나는 큰 별들을 실컷 감상할 수 있었다. 좀 유치한 얘기지만 마치 우주가 내게 "앞으로는 다 잘될 거야"라며 푸근하고 넉넉하게 웃어주는 것 같았다. 그날 낙조는 못 보았지만 그 별들 덕분에 무척 기분이 좋아져 집으로 돌아왔다.

그다음 날 아침, 신문에 그 별들에 대한 기사가 실렸다. 두 개의 큰 별 중 왼쪽의 것은 금성, 오른쪽의 것은 목성이었다는 것이다. 금성이니, 목성이니, 화성이니 얘기는 쉽게 하지만 그 별들을 실제 육안으로 볼 수 있는 일이 그리 흔하지는 않다. 그런데 그 유명한 두 별이 그렇게 밝게 보이고 웃는 모습의 초승달까지 조화를 이뤘으니 가히 '우주쇼'라 불릴 만했다.

그날의 '우주쇼'는 세 시간 동안 진행되었다는데 우리 부부는 우연히도 그 시간 중에 대기가 맑은 바닷가에 있어서 우주쇼를 만끽할 수 있었다. 지구에서 육안으로 그런 조합을 볼 수 있는 것은 매우 드문 일로, 다음에는 2052년 11월 18일에나 볼 수 있다고 한다. 그땐 우리 부부가 93세로 저물어가는 때이다.

남편은 무척 아쉬워했다.

"좀 더 신중하게 열심히 사진에 담아볼걸. 93세에 살아 있다 한들 그 장면을 내 손으로 다시 찍을 수 있겠어?" 하며…….

하지만 나는 아쉬움이 없다. 내 두 눈으로 실컷 감상을 했으니까. 그리고 그 별들이 내게 전하는 희망의 메시지도 충분히 받아들였으니까.

앞으로는 자주 눈을 들어 하늘을, 그리고 별을 열심히 봐야겠다. 언제 또 그날처럼 예고 없이 별들이, 우주가 내게 전하는 메시지가 날아올지 모르니 말이다. 그 메시지를 찾으러 머나먼 안드로메다까지 무리하게 날아갈 일이 아니라 내 삶 속에 다가오는 메시지라도 열심히 챙겨야겠다. 별나라와의 교감을 열심히 하다 보면, 내가 어릴 때부터 꿈꾸던 그 이상의 세계에서, 별나라에서 우주의 시계에 맞춰

살게 될지도 모른다. 하루가 24시간이 아닌 몇백 년, 몇만 년인 우주의 시간 안에서 본다면 이 작은 행성의 복닥거림은 아무런 의미가 없어 보인다. 작은 일에 연연해하지 않는 대범한 나날을 보내는 어느 날엔 훌쩍 스케일이 커진 나를 '발견'하게 될지도 모른다.

4
겨울은 봄의 시작

장래 희망이 무엇인가요?

남녀가 함께 대화할 때 여자들이 가장 싫어하는 얘기는 뭘까? 남자가 군대에서 겪은 일을 이야기하는 것이란다. 그다음으로 여자들이 싫어하는 이야기는? 축구 이야기. 그러니 군대에서 축구 한 이야기는 여자들에게는 최악의 화제이다. 이건 오래전부터 잘 알려진 우스개이다. 뭐 2002 월드컵 이후 여자들도 축구를 좋아하게 되었다는 이야기도 있지만 말이다.

남자들이 듣기 싫어하는 아줌마들의 단골 화제도 있다. 아이 낳은 이야기. 아이 낳을 때 얼마나 고생했는가에 대한 무용담은 아줌마들의 전유물일 수밖에 없다. 나도 그

화제로 서너 시간쯤은 너끈히 수다떨 수 있다. 애 낳은 아줌마들에게는 누구나 출산에 대한 무용담이 있다. 그만큼 출산은 일생일대의 험난한 작업인 것이다. 아줌마들이 돌아가면서 출산 무용담을 늘어놓고 있는 동안 남자들은 당연히 그 화제에 끼어들 수도, 맞장구칠 수도 없다. 그러니 따분할 수밖에 없다. 게다가 가끔은 듣고 있기 민망하기까지 하다.

'싫어하는 화제' 시리즈가 또 있다. 젊은 사람들이 기성세대에게 가장 듣기 싫어하는 이야기는 무엇일까? "나 젊었을 때는……" "내가 너만 할 때는……" "옛날에는……" 등의 말로 시작되는 옛날이야기. 아마도 기성세대가 그런 얘기를 하면 요즘 젊은 사람들은 속으로, 혹은 대놓고 이런 얘길 할지도 모른다.

"그래서 어쩌라고요? 지금은 그때와 다르잖아요."

정말 사고방식이 세대에 따라 많이 달라지긴 했다. 50대 이상의 기성세대는 급변하는 산업화 시대에 청춘기를 보냈다. 전쟁은 치르지 않았지만 나라 전체가 가난에서 벗어나려고 몸부림치는 시대를 살아왔다. 그래서인지 아직도 도무지 마음의 여유를 갖기 어렵다. 나이를 먹은 지금도 종종걸음을 멈추지 않는다. 하루 종일 바쁘게 동동거리며 다

나는 우리 세대에게 이렇게 말하는 젊은 세대도 있다.

"왜 그렇게 바쁘게 살아요? 그렇게 바쁘게 서둘지 않아도 다 먹고살 수 있는데요."

"우리 세대가 동동거리고 다니며 바쁘게 일한 덕분에 너희가 이렇게 한가하고 편하게 살 수 있는 거야."

"그럼 지금이라도 한가하게 살면 되잖아요. 우리처럼요."

"종종걸음으로 다니며 쉬지 않고 일하는 것이 몸에 배어서 한가하게 앉아 있지 못해."

"그럼 그렇게 사세요. 다만 나에게 그렇게 바쁘게 살라 강요하지 마세요. 나는 여유롭고 한가하게 살 거예요."

이렇게 말이 잘 통하지 않는다는 것을 알면서도, 자신도 젊었을 때 앞선 세대의 살아온 이야기를 가장 듣기 싫어했으면서도 기성세대의 단골 레퍼토리 무용담은 크게 변하지 않는다. 마치 자신이 살아온 옛날이야기를 전하지 않으면 자신의 인생 역사가 사라질지도 모른다는 위기감을 느끼는 것처럼 말이다.

나를 비롯한 기성세대는 왜 자꾸 옛날이야기를 하려 할까? 혹시 미래보다는 과거 얘기가 더 자신 있어서는 아닐까? 혹시 화제로 삼을 미래의 얘기가 없기 때문은 아닐까? 혹시 자신이 가진 시간이 '옛날'밖에 없어서 그러는 건 아

닐까? 생각이 여기까지 미치니 내 앞에 펼쳐질, 아직은 길고 긴 세월의 무게가 더 무겁게 여겨진다.

우리 세대는 평균수명이 100세가 된다고 한다. 그러면 정년퇴직을 앞둔 50대라 해도 앞으로 50년 정도를 더 살게 된다. 그런데 그 50년을 살아갈 계획인 미래 이야기가 없다는 건 말이 안 된다. 계획 없이, 또 준비 없이 50년을 어떻게 버틴다는 말인가? 남은 50년의 세월이 이전 50년의 마무리 시간이어서는 안 된다. 그 세월들도 내 삶의 당당한 일부로 자리 잡아야 한다. 그러려면 미래의 계획이 논의되어야 한다. 그래서 나는 과거가 아닌 미래를 얘기하는 기성세대가 되기로 했다.

우선 나와 미래를 함께할 남편에게 물었다.

"여보, 당신 장래 희망은 뭐야?"

남편은 순간 기습 공격을 당한 사람처럼 어리둥절한 표정을 지었다. 그러다가 이윽고 약간의 웃음기를 섞어 "장래 희망?"하고 되물었다. 그런데 남편의 그 말에는 자조(自嘲)의 뉘앙스가 섞여 있었다. '이 나이에 무슨 장래 희망이야?'라는 어투였다.

나는 내 질문의 의미를 찬찬히 설명했다.

"소년시절 가졌던 장래 희망을 이뤘든 못 이뤘든 이제 그

일에서 은퇴할 나이가 되었지. 그럼 그다음에는 무슨 희망으로 살아가야 하지? 평균적으로 볼 때 우리가 앞으로 살 날이 50년 가까이 남았는데 희망이나 계획도 없이 살아간다는 것은 너무 막막한 일이 아닐까? 우리에게 분명히 '장래'가 있는데 왜 '희망'에 대해서는 이야기하지 않지? 일생에 '장래 희망'을 한 번만 가져야 한다고 누가 그랬어? 우리에게도 장래 희망을 가져야 할 이유와 권리가 충분히 있어. 나? 나야 베스트셀러 작가가 되는 게 장래 희망이지. 그래서 이 나이에 학교에도 다니고 여러 가지 새로운 시도를 해보잖아."

심각한 내 설명에 새삼 골똘히 생각하던 남편은 조심스럽게 자신의 장래 희망을 털어놓았다.

"나 여유가 되면 가까운 시골에 조그마한 집을 마련해서 맘 맞는 사람들과 대화하는 장소를 만들고 싶어. 가능하다면 내가 배워온 인생의 지혜를 가르칠 제자도 길러봤으면 좋겠고. 대학 가기 위해 억지로 하는 공부 말고 진짜 삶의 지혜를 나누는 교육 말이지."

이런 멋진 희망이 왜 남편 안에서만 잠자고 있었을까? 베스트셀러 작가가 되는 것이나 여유 있게 제자를 기르는 것이 쉬운 일은 아니다. 하지만 완전히 불가능한 일도 아니

다. 소년시절에도 의사가 되거나 판검사가 되겠다는 꿈이 쉬워보여서 가졌던 것은 아니지만, 그땐 미래에 대해 꿈을 꾸고 장래 자신이 할 일에 대해 희망을 가졌었다. 물론 그 꿈을 향해 밤잠을 설쳐가며 부단한 노력도 기울였다.

그렇다면 나이가 들면 꿈을 펼쳐나가기는커녕 꿈에 대해 이야기도 안하는 것은 무슨 이유에서일까? 그건 '장래 희망'에 대한 생각조차 하지 않기 때문이다. 청소년에게 장래 희망을 가져야 한다고 조언하듯이 우리도 하루빨리 장래 희망을 만들어야 한다. 그리고 그것을 이루기 위해 또다시 부단히 노력해야 한다. 물론 어릴 적 가졌던 장래 희망과는 그 규모나 깊이가 다를 수도 있다. 그러나 장래 희망은 그 자체로 우리의 삶에 '희망'을 갖게 해줄 것이다.

우리 부부는 앞으로도 서로의 장래 희망에 대해 자주 이야기하고 격려하기로 했다. 젊은 사람들과 만나면 우리의 미래에 대해 이야기할 것이다. 미래는 젊은 사람들도 함께할 세월이기 때문에 그들에게도 충분한 관심거리가 될 것이다. 또 우리가 어떤 미래를 지향하느냐가 그들이 우리 나이가 되었을 때를 위한 큰 교훈이 될 것이다.

이제껏 쌓아온 경륜이라는 훌륭한 밑거름에 지금부터의 새로운 노력을 더하여 우리의 장래 희망이 활짝 꽃핀다면

굳이 들추어내지 않아도 우리의 '젊었을 때' 이야기는 아름다운 향기로 널리 퍼지게 될 것이다.

50대, 삶의 나침반이 아직은 과거가 아닌 미래를 향하고 있어야 한다. 독립적인 '나'로서 사는 세월은 지나온 날보다 아직 남은 날이 더 많을 수도 있으니 말이다.

길은 앞에서 찾아야 한다

요즘 남편이나 나나 바닥에 앉았다 일어날 때면 자신도 모르게 "아고고고"하고 작은 비명소리를 내곤 한다. 무릎이며 발목이며 관절들이 한번에 잘 펴지지 않아서이다. 마치 움직일 때마다 "기기기기" 소리를 내는 녹슨 기계가 되어버린 느낌이다. 제대로 기름도 안 쳐주고 50년을 쉴 새 없이 사용했으니 당연히 기계가 망가질 때가 된 것이다. 이런 상황은 다른 50대들도 크게 다르지는 않을 것이다.

그런데 불가사의한 일이 있다. 그런 우리 부부가 테니스 코트에만 나가면 언제 그랬냐는 듯 펄펄 뛰어다닌다는 것이다. 그 에너지가 어디서 오는지, 그때는 왜 다리가 아프

지 않은 건지 그게 불가사의하다. 매주 일요일마다 등산을 가면 아팠던 다리도 통증이 사라진다. 그런데 집에 그냥 있으면 통증이 사라지기는커녕 점점 피곤해지기까지 한다. 정말 불가사의하다.

나이가 50대로 접어들면서 어느 날 갑자기 남편한테서 영감님 태가 보이기 시작했다. 넓고 당당했던 어깨는 움츠러들고 등도 조금은 굽은 것 같다. 나이가 들어감에 따라 변하는 모습을 당연하게, 초연히 받아들이려 해도 왠지 서글퍼진다. 그런데 그렇게 집에서는 애잔함을 보이던 남편이 테니스 코트에만 나가면 종횡무진 코트를 누비고 다닌다. 본인의 표현을 빌리자면 "라켓만 잡으면 정신 못 차리고 날뛴다"라는 것이다. 어떤 때는 얼굴이 해쓱해지도록 운동을 한다. 청년도 이렇게 팔팔한 청년이 없다.

나도 마찬가지이다. 테니스 코트에서는 체력이 부족해서보다는 실력이 없어서 제대로 못 뛴다. 게임에 계속 끼워만 준다면 세 게임 네 게임 연거푸 할 수 있다. 매주 등산을 가서도 일행 누구보다 활기차게 산을 오른다. 나와 남편을 청년으로 만들어준 요인 중 하나는 우리 동네 테니스 코트에 나오는, 혹은 산에 함께 오르는 연세 드신 분들과의 만남이다.

우리 동네 테니스 코트에는 '체력 대마왕'들이 있다. 남편보다 적게는 두세 살, 많게는 열 살 이상 나이가 많은 그들 앞에서 남편은 '이제 겨우 쉰을 넘긴 젊은 사람'이다. 그들이 뛰는데 남편이 나이 든 체하며 꾀부릴 수는 없는 일이다. 등산 모임에서 나는 '한창 좋을 때를 지내는 어린 사람'이다. 회식할 때 입구에 앉았다가 필요한 것이 있으면 벌떡 일어나 심부름해야 하는 처지이다. 그런데 그럴 때는 앉았다 일어나도 신음 소리가 나지 않는다. 참 묘한 일이다.

몇 해 전 우리 동네에는 10센티미터가 넘는 폭설이 쏟아졌다. 테니스를 치는 사람에게 눈 오는 것은 낭만적인 풍경이 아니다. 눈이 오면 테니스를 칠 수 없다. 회원들이 코트 제설 작업에 나서는 것은 의무이기에 앞서 조금이라도 더 빨리 테니스를 치고 싶다는 열망에서 나오는 행동이다.

그 눈이 많이 오던 날, 퇴근길에 코트에 들러보니 바닥에서 걷어낸 거대한 눈 무더기가 이십여 개나 쌓여 있었다. 라커에는 남편보다 나이가 많은 고문님 세 분만 계셨다. 우리 부부는 그 분들만 두고 집에 갈 수 없어 피곤하지만 제설 작업에 참여하게 되었다. 우리는, 젊은 우리 부부가 그 눈 무더기의 대부분을 치워야 할 것이라며 심란한 눈길을 주고받았다.

그런데 우리의 우려는 기우에 불과했다. 70세를 바라보는 그 고문님들이 바로 '체력 대마왕'들이었다. 삽으로 눈을 퍼서 두 바퀴 수레에 담아 코트 밖으로 쏟아내는 작업이 한 시간 이상 계속되었는데 그분들은 중간에 쉬지도 않았다. 오히려 나이 어린 우리가 "좀 쉬었다 하면 안 될까요?"를 연발했을 뿐이다. 그분들은 오랫동안 꾸준히 운동을 계속해온 것이 체력 유지의 비결이라 했다.

언젠가는 이런 일도 있었다. 테니스 코트에 할아버지 두 분이 오셔서 게임을 하자고 하시는 것이었다. 한 분은 85세, 다른 한 분은 84세. 84세 할아버지 말씀에 의하면 자신들의 테니스 모임에서 가장 연장자는 94세이고 자기가 막내라는 것이었다. 테니스가 80세 넘어서까지 할 수 있는 운동이라는 얘긴 들었지만 놀라움에 떡 벌어진 입은 한동안 다물어지지 않았다.

나와 함께 산에 다니는 한 어른은 올해 79세인데 아직 현업에서 일하고 계신다. 그 등산 모임에서는 해마다 송년회 때 최다 출석상 시상을 하는데 그 내외분은 2년 연속으로 상을 받으셨다. 출석 회수는 40회 내외. 1년 52주 가운데 명절 때나 심한 악천후 때를 빼고는 거의 매주 산에 오셨다는 얘기다. 집이 산과 가깝지도 않다. 편도 한 시간 반

이 넘는 거리를 씩씩하게 다니시는 것이다.

그분은 건강이 허락하면 85세까지 일을 놓지 않겠다고 하셨다. 그분을 만난 후 나는 현업에서 일할 수 있는 나이를 85세로 책정했다. 나도 그때까지 일할 것을 목표로 삼고 그 목표를 이룰 수 있도록 건강 관리에 힘쓰겠다는 것이다.

주변을 돌아보면 건강하게, 아름답게 연세 드신 분을 많이 만날 수 있다. 가끔 스스로 나이 먹었다는 사실에 서글퍼지거나 젊은 시절로 다시 돌아가지 못하는 것이 안타까워질 때면 그런 분들을 떠올려보자. 그러면 내가 얼마나 젊고 나에게 남은 시간이 얼마나 많은지 실감하게 된다. 세상을 살았던 시간이 나보다 많은 그분들에게서 삶의 지혜를 얻을 수 있음은 물론이다.

연장자에게 다가가면 내 나이에도 귀요미가 될 수 있다. 반대로 젊은이 곁에 가면 비켜줬으면 하는 퇴물 취급을 받는다. 아파트 주민 회의에 가도 나이 든 사람의 말에는 귀를 기울이지 않는다. 한 표가 아쉬운 정치인들도 노인들은 투표하지 말고 선거일에 집에서 쉬라고 노골적으로 말한다. 그런데도 "요즘 젊은 사람들은 어떻게 놀지?"하며 젊은이의 세계에만 기웃거리는 사람들에게 나는 이렇게 얘기하고 싶다.

"젊은 사람 어떻게 노는지 알면 뭐 하겠노, 어차피 우리와 상관없는 얘긴데."

나이 든 사람이 궁금해해야 할 세상은 젊은이들의 세상이 아니다. 그 시절은 우리가 이미 다 살아봐서 뻔하게 알고 있다. 지금은 그 시절이 아름답게 여겨질지 모르지만 그 젊은 시절은 갈등과 번민과 불확실로 가득 찼던 때이다. 심지어 젊은 세대의 삶을 알려주고 싶은 사람들은 나이 든 사람을 기피한다. 이미 다 알고 있고, 다시는 돌아갈 수 없는, 돌아갈 필요도 없는 젊은 시절을 궁금해할 필요가 없다. 관심을 두어야 할 것은 우리보다 연세 드신 분들이 살고 있는 아름다운 삶이다.

젊은 사람들이 내게 다가올 때는 그들이 내 삶을 배우려고 할 때로 충분하다. 혹시 젊은 사람들과 가까이 지내고 싶다면 내 삶을 젊은 사람들이 배우고 싶은 삶으로 만들어야 한다. 젊은 시절을 그리워하는 것보다 내 삶을 '배우고 싶은 삶'으로 만드는 것에 더 몰두해야 한다.

뒤돌아볼 틈이 없다. 더 늦기 전에 앞으로 펼쳐질 노년을 즐겁게 보내기 위한 비결을 얻어야 한다. 그 비결은 우리보다 앞서서 노년을 경험하고 있는 선배들에게서 얻을 수 있을 뿐이다. 길은 뒤가 아니라 앞에서 찾아야 한다.

귀 기울이다

언젠가 남편이 해준 이야기이다.

중년 부부가 살고 있었는데 어느 날 남편이 아내와 함께 병원에 갔단다. 어찌된 일인지 아내가 소리를 잘 못 들어서였다. 그런데 의사 말이 아내의 청력이 심각하게 나빠졌다는 거다. 원인은 노화 때문이었다.

집으로 돌아오는 길에 남편의 마음이 영 씁쓸했다. 이제껏 제대로 호강 한번 못 시켜줬는데 아내는 벌써 늙어 가는 귀가 먹었으니 말이다. 그래서 남편은 결심했다. 앞으로라도 아내에게 더 많은 관심을 갖고 더 잘해주기로, 아내에게 더 세심한 배려를 해주기로…….

그 후, 어느 날 퇴근해서 집에 들어가 보니 아내가 부엌에서 등을 돌리고 뭔가를 하고 있었다. 남편은 앞서 다짐한 바도 있고 해서 평소답지 않게 아주 부드러운 말씨로 아내의 등 뒤에 대고 말했다.

"여보, 저녁 짓고 있어? 오늘 저녁 메뉴는 뭐야?"

그런데 아내는 싱크대에서 뭔가에 열중할 뿐 대답은커녕 뒤도 안 돌아보는 것이었다. 남편은 의사의 말이 생각났다.

'청력이 나빠졌다더니 정말 내 말이 잘 안 들리는 모양이구나. 그렇다면 내가 잘 들리게 말해줘야지.'

이렇게 생각한 남편은 좀 더 큰, 그러나 여전히 은근한 목소리로 다시 물었다.

"여보, 오늘 저녁 메뉴는 뭐야?"

그런데도 아내는 여전히 반응이 없다.

'헉, 이 정도로 심할 줄이야.'

더욱 짠해진 마음에 남편은 아내 쪽으로 다가가서 더욱 큰 소리로 물었다.

"여보, 오늘 저녁 메뉴는 뭐야?"

그제서야 아내는 몸을 휙 돌리더니 성난 얼굴로 외쳤다.

"칼국수라고 몇 번을 말해야 알아들어?"

아내뿐 아니라 남편의 청력이 더 심하게 나빠진 것이었다.

이 이야기가 그냥 우스갯소리로만 여겨지지 않는다. 우리 부부는 아직 심각하게 청력이 나빠진 것 같지는 않다. 그런데 딸이 텔레비전의 볼륨이 점점 커진다는 얘기를 가끔 한다. 우리도 모르게 청력이 쇠퇴하고 있다는 증거이다.

물론 텔레비전 볼륨을 크게 해놓는 것은 청력보다 주의 집중력의 문제와 상관있을 수도 있다. 좀 더 프로그램에 집중해서 들으면 안 들릴 바 아닌데 집중보다는 쉬운, 크게 틀어서 저절로 내 귀에 들어오게 하는 방법을 선택하고 있는 것이다.

하지만 아무리 부정해봐야 무슨 소용이 있으랴? 시력에 문제가 생기는 나이에 청력이라고 온전할까? 남편은 노안으로 작은 부분이 자세히 안 보이니까 잘 들리지도 않는다고 한다. 그 말에 나도 공감한다. 약간 난시 증상이 있는 나는 젊은 시절 음악회에 가면 안경을 끼고 음악을 들었다. 안경을 끼지 않아서 오케스트라 단원들이 뿌옇게 뭉쳐 보이면 음악도 답답하게 들리고 안경을 껴서 단원들이 명료하게 보이면 음악도 더 잘 들리는 느낌이었다.

남편은 나보다는 더 빨리 노안이 시작되었다. 그러니 청력도 더 빨리 쇠퇴하리라는 생각이 들었다. 그래서 남편한테 얘기할 때는 좀 더 크고 명확하게 말을 해줘야겠다는

생각도 들었다. 내 말을 왜 그렇게 못 알아듣느냐고 상대에게 핀잔을 주기보다는 내가 먼저 서로의 노쇠를 배려해야 할 것 같아서이다. 나이를 먹은 사람도, 그래서 청력이 안 좋아진 사람도 배려만 바랄 것이 아니라 노력을 해야 한다. 텔레비전 작은 소리에 집중하듯 남의 말을 더 집중해서 들어야 하는 것이다.

나이를 먹으면서 다른 사람의 말에 더 열심히 귀를 기울여야 한다는 걸 느낀 건 40대 초반부터이다. 내가 그렇게 빨리 그런 생각을 하게 된 계기가 있었다.

외환 위기 때 나는 10여 년을 다니던 직장을 그만두었다. 그때가 연말이었는데 새해가 되니 공교롭게도 내 나이가 꼭 40세였다. 경제가 침체된 그때 분위기로는 40세의 아줌마가 뭔가 새롭게 일을 시작한다는 게 불가능해 보였다.

그럼에도 불구하고 나는 새 직장을 구해 다시 회사에 다니기 시작했다. 새로 다니게 된 회사는 인터넷 콘텐츠를 개발하는 회사, 세칭 IT업체였다. 그 회사의 주축을 이루던 젊은 직원들은 "IT업체의 직원 평균연령은 34세라는데……" 하며 '40이 넘은 저 아줌마는 왜 여기에 나와서 물을 흐리고 있는 거야?' 하는 듯한 노골적인 무시의 눈초리를 보냈다. 그 친구들의 가장 큰 자랑거리는 일흔 장이 넘

는 파워포인트 자료를 만들어 억대의 투자를 유치했다는 것이었다. 그땐 정말 그런 때였다. 파워포인트 자료 몇십 장만으로 몇억씩의 투자를 끌어들일 수 있는 그런 혼돈의 시대.

신생 회사여서 거의 매일 아이디어 회의를 했다. 그런데 당시 나는 파워포인트로 자료를 만들기는커녕 인터넷 검색도 제대로 할 줄 모르는 상황이었다. 그러니 일단 그 회의에서 오가는 용어조차 알아들을 수 없었다. 안 그래도 나이로 밀리고 있는데 실력과 경험으로까지 밀릴 판이었다.

하지만 일단 그 업계에 발을 담근 이상 속절없이 밀릴 수는 없는 일이었다. 하여 나는 회의에 들어가기 전에 인터넷 관련 책을 한 권씩 읽었다. 회의를 매일 하면 매일 한 권씩 읽었다. 그 결과 간신히 그들이 무슨 얘기를 하는지는 알아들을 수 있게 되었다. 그래도 그 용어들을 거론하며 그들과 논쟁을 벌일 정도는 되지 못했다.

나는 생존하기 위해 나름대로 행동 강령을 정했다. '끝까지 남의 말을 듣고 그들이 나의 말을 기다릴 때 짧게 말하기'였다. 30대까지 쌈닭처럼 억척스럽게 회의를 주도하던 나의 성향으로 봤을 때 회의 시간 내내 입 다물고 기다리기란 쉬운 일이 아니었다. 그러나 아차 잘못 휘말리면 나의 실력이 들통 나는 터라 참고 견딜 수밖에 없었다.

그러길 몇 주 계속했더니 전에는 내가 알지 못했던 새로운 묘미가 느껴지기 시작했다. 중간에 논쟁에 휘말리지 않고 끝까지 기다리니 정리 및 최종 결정의 권한이 내게로 돌아오더라는 것이다.

"이제껏 황 부장님 별말씀 안 하셨으니 황 부장님 의견 듣고 최종 결정을 부탁드립시다."

이런 식으로 말이다. 이런 상황에 이르면 나는 긴 얘기 안 해도 된다.

"전자가 좋겠는데요" 혹은 "후자로 합시다"라는 식으로 요점만 간단히 코멘트해도 충분히 영향력을 보일 수 있었다. 아니, 그때 내 발언에 대단히 큰 힘이 실렸던 것 같다.

어차피 나이가 들면 청력도 조금씩 쇠퇴하게 되어 있다. 또 나름대로 공부를 아무리 열심히 한다 해도 새로운 세대의 트렌드를 같은 속도로 따라가기는 어렵다. 그렇다면 어떻게 해야 할까? 귀를 기울여야 한다. 일단 사랑하는 사람들과의 원만한 소통을 위해서도 상대의 말에 귀를 기울여야 한다.

사회에서도 마찬가지이다. 내 존재를 확인받기 위해 제대로 듣지 않고 논쟁에 어설프게 끼어들었다가는 자칫 내가 뒤처지고 있음만 드러낼 수 있다. 인내심을 가지고 다른

사람의 말을 모두 듣고 나서 짧고 명확하게 요점만 짚어서 나의 의견을 피력하는 것, 그것이 사회에서의 나의 중량을 유지하는 비결이다. 드러내려 애쓰지 않아도 내가 앉아 있다는 사실만으로도 나의 가치를 발휘할 수 있다는 확신을 버리지 말 일이다.

물질은 가볍게, 정신은 당당하게

딸이 대학교에 입학한 후 어느 날 자신이 소장하고 있던 음반을 모두 거실에 쏟아냈다. 딸은 초등학교 때부터 아이돌 그룹의 팬이었다. 그것도 한 그룹만이 아니라 몇 그룹을 바꿔가면서 좋아했다. 스스로 "웬만한 기획사는 내가 먹여 살리는 것 같아"라고 말할 정도로 CD를 열심히도 사서 모으더니 이제 싫증이 난 모양이다.

그 CD들을 보니 그걸 사준 나도 참 대단하다는 생각이 들었다. 음반이 처음 나오는 날 꼭 사야 된다고 수원에서 서울까지 불원천리하고 달려가겠다는 걸 말리던 일, 라디오 공개방송 뒤에 '오빠' 생일 파티를 한다기에 한강 둔치에

데리고 갔다가 인파에 깔려 압사할 뻔한 일, 팬미팅에 참가한 딸이 집에 못 올까 잠실 주경기장에 함께 가서 부모님 전용석에 앉아 하품하던 일 등이 파노라마처럼 눈앞을 스쳐갔다.

'중학생이었던 딸은 팬클럽에 가입하고 받은 오렌지색 우비를 입고 무척이나 좋아했었지. 비슷한 아이들이 모여 있는 한강 둔치는 멀리서 봤을 때 유채꽃밭 같았어.'

이런 상념에 잠겨 있는데 딸은 먼지 낄까 봐 걸지도 못하고 모셔둔 '오빠들'의 브로마이드까지 꺼내온다. 하나씩 사줄 때는 잘 모르겠더니 모아놓으니 속으로 '어휴 저게 다 얼마어치야?'하는 생각이 들 정도였다.

딸은 보물창고를 한참 뒤지더니 아이돌 그룹의 누드집도 찾아냈다. 유명 사진작가가 찍은 젊은 남자 여섯 명의 누드 사진집. 2000년도 초반에 5만 원이나 하던 누드 사진집을 나는 무슨 생각으로 중학생 딸한테 사줬을까? 나도 모르게 '헉'하는 소리를 낼 정도로 나 자신에 대한 놀라움이 몰려온다. 아마도 딸이 무척이나 졸라서 어쩔 수 없이 사줬겠지.

그런데 성년이 된 딸은 더 이상 '오빠들'에 관심이 없어진 것 같았다. 싫증도 싫증이려니와 아르바이트를 하여 용돈을 조달하는 딸 자신도 새삼 그 CD들을 그냥 쌓아두기는

너무 아깝다는 생각이 들었던 모양이다.

"인터넷에 올려서 팔아보지 그러냐?"

"그러다가 팬 애들한테 돌 맞게?"

"아니지. 팬들 중 돈이 없어서 CD를 못 산 애들은 네가 싼값에 팔아주면 오히려 고마워할걸?"

사실 나도 확신 없이 한 말이었는데 딸은 며칠 후 그런 생각을 가진 사람들이 모인 사이트를 찾아냈다. 평균 1만 2천 원 정도에 샀던 CD들을 반값에 내놓으니 제법 주문이 들어왔다. 택배비는 수신자가 부담하고, 입금 확인 후 발송하고, 도착했는지 확인 전화해주고, 여러 개 살 테니 좀 깎아달라는 사람에게는 물건값에서 빼지 않고 택배비를 할인해주고, 발송 과정에서 케이스가 파손된 것은 추적해서 케이스 값 변상 받아주고, 재주문한 사람에게는 브로마이드도 끼워주고……. 딸은 제법 친절하고, 수완 좋고, 믿을만한 장사꾼이 되어가고 있었다.

아! 우리에게 더 이상 효용가치가 없어진 물건은 저렇게 팔 수 있구나. 딸의 성공 사례를 보고 깨달은 우리 부부는 팔 것을 찾아보았다. 헌 노트북, 딸이 고등학교 때 쓰던 엠씨스퀘어, 사은품으로 받은 내비게이션, 덩치가 큰 컴퓨터 19인치 모니터……. 우린 안 쓰지만 다른 사람에겐 유익할

것 같은 물건은 생각보다 많았다. 이미 남편은 카메라 동호 사이트에서 직거래로 마련한 중고 카메라 용품을 즐겁게 사용하고 있는 터였다.

물건을 팔다 보니 몇십만 원의 목돈이 생기기도 했다. 또 더러 우리 집으로까지 가지러 온다는 사람에게는 공짜로 주기도 했다. 처음엔 집안의 물건을 내다판다는 것이 조금은 부끄러운 일처럼 여겨졌다. 예전에는 집안의 물건을 내다파는 것은 가세가 기울었을 때 하는 일이었기 때문이다.

그런데 그렇게만 생각할 일도 아니었다. 이젠 시대가 바뀌었다. 예전과 달리 요즘은 옷이든 물건이든 낡아서 못 쓰는 게 아니라 싫증나서 못 쓰는 경우가 많다. 내가 싫증난 물건을 다른 사람은 꼭 필요로 할 수도 있다. 벼룩시장이나 물물교환 장터도 성행하고 있지 않은가?

아무튼 내게 필요 없는 물건을 팔았더니 여러 가지 이득이 생겼다. 우선 예상치 못한 부수입이 생기고, 필요한 사람에게 싼값에 물건을 제공할 수 있으며, 집안을 정리할 수 있으니 이야말로 꿩 먹고 알 먹고 둥지 털어 불 때는 격이 아닌가.

조선 후기에 이덕무라는 실학자가 있었다. 책 읽기에만 몰두했던 그의 집은 늘 가난했다. 가난을 전혀 개의치 않

고 살았던 그였지만 당연히 밥 안 먹고는 살 수 없는 일이었다. 어느 날 그는 배고픔을 참지 못해 집에 단 한 권 남아 있던 〈맹자〉 책을 팔아 쌀을 샀다. 책이 귀했던 당시에는 〈맹자〉 책이 제법 값이 나갔던 모양이다. 그렇게 마련한 쌀로 밥을 해서 배불리 먹고는 그 일을 자랑하러 친구 유득공을 찾아갔다. 우리 역사에서 발해의 존재를 인식시키고 그때를 남북국 시대라 일컬으며 〈발해고〉를 쓴 그 유명한 실학자 유득공이다.

참 재미있는 일이다. 책을 팔아서 쌀을 사 밥을 먹은 것이 뭐 자랑할 일이라고 친구에게 한달음에 달려갔을까? 나 같으면 혹시 친구가 "너 책 팔아서 쌀을 샀냐?"하고 물어도 창피하여 아니라고 잡아뗄 일 아닌가?

아무튼 이덕무가 책 팔아 배불리 먹은 이야기를 자랑하니 여기에 고무된 유득공은 한술을 더 떴다. 자기가 가지고 있던 〈좌씨전〉을 팔아서 술을 내온 것이다. 둘은 술을 마시면서 〈맹자〉와 〈좌씨전〉에 대해 실컷 논하며 즐겼다. 그리곤 이 상황에 대해 이덕무가 이렇게 말했단다.

"이는 맹자가 직접 지은 밥을 나에게 대접하고 좌씨가 우리에게 술을 따라주는 것이나 마찬가지 아닌가!"

내가 이 이야기에서 중요하게 여기는 대목은 둘이 술 마

시며 '〈맹자〉와 〈좌씨전〉에 대해 실컷 논했다'는 부분이다. 집안의 필요 없는 물건은 팔아치우되 절대 팔지 말아야 하는 것이 있는데 그것은 바로 정신이며 문화이다. 정신과 문화 의식이 제대로 박혀 있다면 집안이 텅텅 비어서, 그야말로 서발막대를 휘둘러 거칠 것이 없어도 진짜 부유한 것이기 때문이다. 이덕무와 유득공에게는 정신과 문화가 확고부동한 자리를 차지하고 있었기에 그들이 가난한 처지에서도 그렇게 자랑스러워할 수 있었던 것이다.

물건을 팔아치우는 것을 부끄럽게 여길 것이 아니다. 그 물건의 가치도 제대로 못 살리면서 단지 잔뜩 끌어안고 있다는 사실만으로 만족하고 자랑스러워하는 상황을 부끄러워해야 한다. 나이 50세를 넘겼으면 웬만한 살림은 그야말로 팔아 '치우고' 물질적으로는 가볍게, 정신적으로는 당당하게 살아야 하는 때가 되었으니 말이다.

이덕무의 이야기를 남편에게 들려주니 "본인은 그렇게 이야기하고 만족한 삶을 살았다지만 그 가족이나 주변 사람들은 얼마나 속이 터졌을까? 학식도 있고 배울 만큼 배운 사람이 굶을 정도로 살고 있었으니 말야"라고 의외의 말을 한다. 한 가정을 책임져야 하는 가장의 입장에서는 이덕무의 삶이 한심하게 보였을 수도 있다.

그런데 웬걸! 당시 임금이었던 정조가 그의 글 읽는 소리를 좋아해서 그를 늘 가까이 두려했고 말년에는 높은 벼슬도 내려줬다고 한다. 더구나 그가 세상을 떠난 후 그 벼슬을 그대로 그의 아들이 물려받게 해줬다고 한다. 그러니 자식에게 정신적으로는 물론 물질적으로도 확실한 유산을 남겨준 셈이다.

순응을 궁리하다

많은 사람이 나이 들면 한가로운 전원에 가서 생활할 것을 꿈꾼다. 나도 농촌에 가서 살 것을 심각하게 고려한 적이 있다. 그렇다고 내가 농사를 지을 수 있을 것이라 생각하지는 않는다. 평생 농사를 지어온 사람에게도 어려운 게 농사인데 도시에서 태어나고 도시에서만 살아온 내가 어떻게 농사를 짓겠는가?

나의 부모님은 일찍부터 도시에서만 사셨다. 그래서 나는 어린 시절 농사짓는 것을 어깨너머로 본 적도 없다. 중학교 때는 이런 일도 있었다. 시골 할머니 댁에 갔는데 할머니 댁에 마실 온 동네 사람이 "아무개는 요 앞에서 피를

뽑고 있다"라고 말하는 것을 들었다. 그때 나는 할머니께 이렇게 물었다.

"할머니, 헌혈차가 여기까지 왔어요?"

그 정도로 나는 농사에 문외한이다. 또 손으로 흙을 만지기 싫어하고 지렁이도 징그러워 싫다. 벌레가 흙에서 기어 나오는 것을 보면 이내 내 몸이 근질거리는 것 같다. 남편은 나와 좀 다르다. 집에서 키우는 화초가 다 말라비틀어져 거의 회생 가능성이 없어 보여도 끝까지 포기하지 않는다. 그래서 한번 우리 집에 들어온 화초는 웬만해서는 죽지 않는다. 딸도 마찬가지이다. 가지치기한 줄기를 물속에 담가 뿌리를 낸 다음 화분에 심어 친구들에게 나눠준다.

하지만 나는 생물 그 자체에 대한 애정이나 연민이 없다. 죽은 듯하면 바로 버리고 정리하고 싶다. 화초든 인간이든 태어났으면 죽는 날이 있는 것은 당연하니 죽는 것에 대해 그렇게 아쉬워할 필요 없다는 것이 냉정한 나의 생각이다. 그러니 내가 무슨 농사를 짓겠는가?

그런데도 내가 농촌에 가서 살 생각을 했던 것은 죽어서 흙으로 돌아가는 연습을 하기 위해서이다. 조금 이상하게 들릴 수도 있겠다. 하지만 이 얘기는 인간의 근원에 대한 이야기이다. 사람이 흙에서 왔는지는 잘 모르겠다. 그렇

지만 흙으로 돌아간다는 것은 사실인 것 같다. '흙으로 돌아간다'라는 말은 흙 속에 묻힌다는 뜻을 넘어선다. 죽으면 흙으로 대표되는 자연에 흡수된다는 뜻이라고 생각한다.

사람은 자기가 살고 있는 환경과 닮는다는 말을 들은 적이 있다. 자연과 가까이 살면 자연과 좀 더 쉽게 친해지고 죽은 후 좀 더 쉽게 내 몸이 자연에 녹아들 것 같다. 아니, 그렇게 어려운 말 다 필요 없다. 좀 더 현실적으로 말하자면 늙을수록 도시에서 살기 힘들 것 같다. 우선 도시는 생활비가 많이 든다. 집값도 상대적으로 비싸다. 아파트 관리비도 내야 하고 모든 부식 거리를 사 먹어야 한다. 하지만 농촌에서 텃밭이라도 가꾸면 상추니 고추니 하는 부식 거리는 자체 해결할 수 있다.

나이 들어 도시의 아파트를 떠나야 하는 가장 큰 이유는 소일거리 때문이다. 아파트에서 살면 아무래도 운동량이 적어진다. 자칫 하루 종일 벽만 쳐다보거나 텔레비전을 벗 삼아 살아야 할 수도 있다. 물론 요즘은 근린공원 등이 잘 만들어져 산책하기 좋은 곳도 많다. 하지만 허리가 구부러지고 다리에 힘이 빠져 거동이 불편해지면 근린공원까지도 갈 수 없다. 운동을 못하면 근육량이 급격히 떨어지고 노화가 더 빨리 이뤄진다. 운동을 못하면 우리 몸은 점점 더

운동을 못하게 변한다.

반면에 농촌에 살면 집 안에서도 얼마든지 소일거리를 찾을 수 있다. 집 안에 텃밭도 가꿀 수 있어 보람을 얻을 수도 있다. 예전에 나의 할머니는 허리가 완전히 꼬부라져서도 마당이며 집 앞 논이며 자유자재로 돌아다니셨다. 또 동네 사람도 거의 다 안면이 있는 사람들인 덕분에 집에서 나가면 말을 나눌 수 있는 사람을 바로 만날 수 있다.

그런데 도시의 아파트에 사는 연세 드신 분들은 집을 나서는 순간 여러 가지 위험한 상황에 처하게 된다. 거리에서 한가롭게 노인과 대화를 나눠줄 사람도 만나기 어렵다. 혹시라도 길을 잃으면 경찰의 도움을 받을 수밖에 없다. 그래서 꼼짝없이 집에 갇혀 사는 노인도 많다.

그럼에도 불구하고 도시에 살던 사람들은 나이 들수록 도시에 살아야 한다고 한다. 그 이유로 꼽히는 것이 병원과 친구이다. 나이 들수록 병원에 가야 하는 일이 잦아지는데 시골에서는 응급 상황에 병원 가기 힘들다는 것이다. 그러나 요즘에는 우리나라 어느 곳이나 신고한 지 거의 30분 안에 119 구급대가 출동한다. 오히려 대도시에서 길이 막히는 경우 119 구급대가 늦게 도착하는 경우도 많다. 웬만한 시골에서는 불법 주차 때문에 길이 막혀 좁은 길에

구급차가 못 들어가는 경우도 없다.

그럼 친구 문제는 어떻게 해결할까? 마음에 맞는 친구들이 의기투합하여 함께 전원에 들어가 살 수도 있다. 하지만 그런 경우는 아주 드물다. 뜻도, 경제적 수준도 맞추기 정말 힘들기 때문이다. 또 친한 친구도 한정된 공간에서 만날 얼굴 마주 대고 살아가면 진력이 난다. 오히려 오랜 친구와 의가 상할 수도 있다.

친구 문제의 해법은 오히려 간단하다. 정착한 그곳에서 친구를 사귀면 된다. 가까이 친구로 만들 수 있는 사람이 얼마든지 있는데 그 노력은 하지 않고 먼 데 있는, 만나기 어려운 친구만 그리워하는 것은 어리석은 일이다.

친구를 사귀려면 그곳에 이미 만들어져 있는 질서에 순응하고 그것을 스스로 받아들여야 한다. 혹시라도 그들을 무시하거나 그 질서를 못마땅하게 여기고 갑작스레 바꿔버리려 하면 그 안에서 친구를 사귀거나 그들과 어울리기 어려워진다.

기존의 질서에 순응하려면 기존의 위계를 인정해야 한다. 그 점은 도시에서도 마찬가지이다. 테니스 코트에서는 테니스 잘 치는 사람이 대우받는다. 초보자가 나이 많다고 대접받기를 원하면 안 된다. 아니, 어딜 가나 나이 많다고

대접받기를 원하면 더욱 대접을 못 받는다. 대접은 자신이 원한다고 받을 수 있는 것이 아니기 때문이다.

결혼을 하면 처형이나 시누님, 손위 동서가 자신보다 어려도 깍듯이 존중해야 한다. 그들이 나보다 학벌이 훨씬 뒤지거나 경제력이 떨어지더라도 그것 때문에 그들을 무시하는 것은 소인배의 행동이다. 그들과 나 사이에 맺어진 관계 그 자체에 집중해야 한다. 경로당에 가서는 노인의 한 사람으로 그곳에 앉아 있어야 한다. 1백 년 가까운 세월을 견뎌온 노인 중 왕년에 한 가닥 안 한 사람이 누가 있겠는가? 그런데 자기만 잘났다고 다른 사람을 무시하면 그 대가로 돌아오는 것은 더 큰 무시와 따돌림이다.

도시에 살다가 시골에 뒤늦게 들어가 살게 되었다면 이미 그곳에서 살고 있는 사람은 모두 나보다 선배이다. 선배 대접을 해야 그들의 도움을 받을 수 있다. 기존 질서를 이루고 살던 사람들의 도움 혹은 인정을 받아야 그곳에 성공적으로 정착할 수 있다.

나는 농촌에 가서 농사를 짓는다면 주요 작물로 새송이를 선택하고 싶다. 새송이 농사라고 쉬울까. 하지만 새송이 농사는 최소한 손에 흙을 묻히지 않고 할 수 있을 것 같다. 새송이 농사는 플라스틱 병에 종균을 배양하여 길러내기

때문이다. 배양고에 서늘한 기온을 유지해줘야 하기 때문에 설치비가 든다. 하지만 기후에는 큰 영향을 안 받을 것 같다. 그냥 아직 철저한 연구도, 준비도 안 된 설익은 내 생각이다.

궁리는 그치지 않는다. 수확한 새송이는 어떻게 홍보하고 유통하지? 이전에 알고 있던 사람들에게 통신 판매를 하면 어떨까? 회원제로 하여 정기적으로 택배로 보내준다고 하면 가입들 할까? 민폐가 아닐까? 첫해에는 나와의 관계를 봐서 가입해주겠지. 그런데 그다음에는? 상추, 고추도 조금씩 끼워서 보내주면 좋아할까? 장 볼 틈이 없는 나 같은 사람은 좋아할 텐데…….

하지만 이런 것들에 앞서 궁리해야 하는 것은 그곳 사람들과의 관계를 어떻게 잘 해낼 수 있을까의 문제여야 한다. 우선 나부터 뿌리를 내려야 내가 키우는 농작물의 뿌리도 내릴 수 있으니까. 또 돈이 있다고 삶의 근거지를 쉽게 옮길 수 있는 것은 아니니까. 순응, 우선은 기존 질서에 순응해야 종이에 물이 스미듯 기존 질서에 슬그머니 녹아들어갈 수 있다. 귀촌을 꿈꾼다면, 친구를 잃지 않으려면 '순응'이라는 두 글자를 가슴에 새길 일이다.

책임질 수 있다면야

날씨가 더워지면 보신탕을 찾는 사람이 많아진다. 나는 보신탕을 즐기지 않는다. 사실은 개고기만이 아니라 오리고기, 양고기 등도 웬만하면 먹지 않는다. 음식물 먹는 데 도전 정신이 부족한 나는 오래전부터 익숙하게 먹어왔던 쇠고기, 돼지고기, 닭고기만 먹는다. 그래도 일행이 보신탕을 먹으러 간다고 하면 따라는 간다. 보신탕집에 가면 대개 닭 요리가 있으니까. 나 때문에 다른 사람들이 메뉴를 바꾸게 하고 싶지 않다. 또 음식 때문에 사람들과 못 어울리는 것도 싫다. 그래서 기꺼이 보신탕집에 가서 닭고기를 먹는다.

나 같은 사람들이 있어서인지 보신탕 전문 식당에 가면 다음과 같은 일이 왕왕 일어난다고 한다.

종업원 저희 식당 메뉴에는 개하고 닭이 있는데요, 개 아니신 분 손들어보세요.

(손든 사람 아무도 없다.)

종업원 그럼 여기 계신 손님 모두 개시죠?

손님들 (쾌활한 목소리로) 네, 우린 모두 개예요!

손님이 많은 보신탕집일수록 이런 일이 자주 일어난다고 한다. 손님이 마구 밀려드는 통에 점잖게 주문받을 여유가 없어서라나? 남편의 얘기다. 이 얘기를 전하면서 남편은 한마디 덧붙인다. 나이가 드니까 개 취급을 받아도 참고 살아야 한다고, 손님 입장에서 기꺼이 개가 되고 있다고…….

나이가 드니 기분 나빠도 그 나쁜 기분을 표현할 수 없다. 바쁜 시간 남의 영업을 방해할 수 없다는 이해심도 생겼다. 또 혹시 생길지도 모를 싸움에 말려들어서는 안 된다. 힘이 달려 더 이상 1대 17로 싸울 수도 없고, 나이깨나 먹은 사람이 물색없이 시비 걸고 나댄다는 얘기도 듣기 싫고, 또 자신이 무사히 돌아오기를 기다리는 아내와 자식을

생각해서 참아야 한다는 것이다.

이 이야기를 듣고 문득 의문이 들었다. 왜 나이 들면 참아야 하는 거지? 젊은 사람은 안 참아도 된다는 건가? 생각해보니 그렇다. 대개 시비가 생기면 주변에서 말리는 사람들은 "나이 든 사람이 참으세요"라고 한다. 나이 어린 사람이 어른 공경해서 조심하고 삼가는 풍습은 논할 상황이 아닌 것 같다.

박범신 작가의 소설 《은교》를 읽고도 비슷한 생각을 했다. 왜 나이 든 사람은 욕심내면 안 되는 거지? 젊은 사람이 욕심을 내면 의욕이 되는데 왜 나이 든 사람이 욕심을 내면 탐욕이 되는 거지? 어차피 남녀가 서로 사랑하고 서로 마음이 맞아야 연인 관계가 이루어지는데 왜 나이 든 사람은 감정을 숨기고 애당초 시도도 해서는 안 되는 거지? 이제껏 당연하게 여겼던 일반 상식의 기초가 와르르 무너진다. 나이 들수록 욕심을 버려야 한다는 공자님 말씀 같은 생각에도 스멀스멀 의문이 스며들기 시작한다.

사실 세상을 더 살아볼수록 욕심이 커지는 것이 당연한 일이다. 고기도 먹어본 사람이 더 잘 먹고 소도 먹어본 놈이 여물을 더 잘 먹는다 하지 않는가? 세상사 많은 것을 겪어봤기 때문에 욕심도 더 커지는 것이다. 더 오랜 세월을

살았기에 뭐가 좋은지 더 많이 알고 갖고 싶은 것도 더 많아지게 마련이다. 또 살날이 상대적으로 많이 남지 않았기 때문에 남보다 더 먼저 가져보고 더 빨리 느껴보고 싶을 수도 있다. 겪어본 것이 없는데 어떻게 욕심낼 수 있을까? 그렇다면 나이 들수록 욕심이 많아지고 커지는 것은 당연하게 여겨야 한다. 그런데 왜 그걸 그렇게 금기시할까?

소설 《은교》를 읽고 그 해답을 추리해보았다. 《은교》의 주인공 이적요 시인은 예순아홉 살인데 열일곱 살 소녀 은교에게 연정을 느끼게 되었다. 이적요 시인은 그 감정을 내색지 않고 곱게 아껴서 마음속에 담아두고 있었다. 마치 서정주 님의 시 〈동천(冬天)〉의 "내 마음 속 우리 임의 고운 눈썹을 / 즈믄 밤의 꿈으로 맑게 씻어서 / 하늘에다 옮기어 심어 놨더니"라는 구절을 떠올리게 하는 숭고한(?) 대처이다. 그런데 30대의 제자 서지우가 은교의 몸과 마음을 더럽히기 시작했다. 이에 분개한 시인은 서지우에 대해 살의를 느끼고 결국 그를 죽음에 이르게 한다.

내가 보기에는 70세를 바라보는 남자나 이혼 전력이 있는 30대의 남자나 열일곱 은교에게는 다 마땅치 않다. 하지만 서지우는 은교에 관심을 갖는 이적요 시인을 주책이라 비난하며 자신은 당당하게 은교의 육체를 탐한다. 둘은 무

은 차이가 있는 걸까? 30대 남자는 은교와 사귀어도 되는데 69세의 남자는 왜 안 되는 걸까? 그냥 상식선에서의 대답이 아니라 그에 대한 온당한 이유를 알고 싶었다.

내가 나름 생각해낸 해답은 이것이다. 나이 든 사람은 젊은이에 비해 책임질 수 있는 시간이 짧기 때문에 욕심을 경계하는 것이다. 물론 젊은이도 나이 든 사람보다 먼저 대책 없이 죽어버릴 수도 있다. 일반적인 경우에 한한 얘기이다. 책임질 능력이 있다면야, 그래서 자신이 벌여놓은 일을 깔끔히 해결할 수 있다면 나이가 무슨 상관이 있겠는가? 그 책임이라는 것, 해결이라는 것은 배우자가 먹고살 만한 경제적 능력만을 말하는 것은 아니다. 자신이 먼저 저세상으로 떠나간 후에 혼자 남을 배우자의 슬픔이나 남겨질 어린 자식, 그 외의 다른 인간관계까지 다 깔끔하게 해결하고 떠나는 것은 거의 불가능하다. 일단 관계가 맺어지면 그렇다.

사랑뿐만 아니라 무슨 일이든 마찬가지다. 나이 들수록 벌여놓은 일을 수습하고 마무리할 절대적인 시간이 부족하다. 그러니 함부로 욕심내지 말라는 것 아닐까?

문제는 무슨 일을 하느냐가 아니라 정말 그 일을 책임질 수 있느냐가 중요하다. 말로야 무슨 약속을 못 하며 일을 벌여놓는 것은 누군들 못 하랴. 그러나 반드시 그 약속

을 지켜야 하고 벌여놓은 일을 꼭 마무리해야 한다면 쉽게 시작할 수 있는 사람은 많지 않다. 자식을 갖는 것도 그 아이를 잘 키우겠다는 암묵적 약속을 하는 것이나 마찬가지이다. 그러니 그 약속에 대한 책임을 엄중하게 받아들여야 한다. 그럴 자신이 없는 사람은 자식을 갖지 말아야 한다.

먹성 좋은 씨름 선수가 10인분의 고기를 주문하면 운동하기 위해 그만큼 먹어야 할 것이라고 사람들은 말한다. 그런데 1인분도 채 못 먹는 사람이 그만큼 시켜놓으면 식탐이라 비난받는다. 책임지지 못할 일을 벌여서는 안 되는 것은 젊으나 늙으나 마찬가지이다. 과욕은 나이에 상관없이 경계의 대상이다. 단지 나이 먹은 사람은 일반적으로 자신에게 주어진 시간이 상대적으로 짧으니 그것까지를 감안해야 한다는 점이 다를 뿐이다.

나이 먹었다는 이유로 무조건 욕심을 버리려 할 것이 아니다. 다만 자신이 벌여놓은 일을, 맺어놓은 인간관계를 어떻게 책임질 것인가 더 열심히 연구해야 한다. 물론 젊은 사람, 나이 든 사람의 구분도 상대적인 개념이다. 몇 살이 많은 나이이고 몇 살이 젊은 나이인지 그 경계도 분명치 않다. 책임지겠다는 의지와 능력이 없다면 누구든 하고 싶은 바를 참고 욕심을 버려야 한다.

하지만 50대부터 하고 싶은 것을 접어버리기엔 앞으로 남은 날이 무척 길다. 그러니 이제부터는 욕심을 버려야 한다고, 참아야 한다고 스스로에게 말하지 말자. 다만 상대적으로 짧은 시간에 좀 더 효율적으로 책임질 수 있는 능력을 기르기 위해 부단히 노력할 일이다. 욕심은 내되 책임지기 위해 이전보다 더 열심히 뛰어다닐 일이다.

똥 털고 가라

20년 전에 돌아가신 친정아버지는 우리 5남매가 중요한 시험을 치르러 집을 나설 때면 특별한 말씀을 해주시곤 했다. 그것은 "시험을 잘 봐라"든가 "최선을 다하라"라든가 하는 흔한 격려의 말씀이 아니었다. 아버지가 해주신 특별한 말씀은 바로 "똥 털고 가라"라는 말씀이었다.

실력이 없는 사람이 시험 당일 갑자기 실력이 생길 수는 없다. 이는 이미 결정된 상황이니 당일에 애쓴다고 결과가 달라지긴 어렵다. 하지만 시험 시간에 배가 아파서, 혹은 화장실 갈 생각에 허둥대다가 그나마 있는 실력도 제대로 발휘 못 하는 일만은 막아야 한다는 말씀이었다.

실제로 아버지는 과민성 대장 증상을 겪고 계셨던 것 같다. 그래서인지 어머니와 대화할 때 조금이라도 심각한 화제가 시작되면 어김없이 아랫배를 부여잡고 화장실로 가는 아버지를 자주 볼 수 있었다. 매번 말이 끊기고 이야기할 적절한 타이밍을 놓쳐버리는 어머니는 아버지가 일부러 그런다고 오해도 하셨다. 그런데 내가 아는 아버지는 그렇게 비겁한 사람은 아니었다. 정말 배가 아프고 설사가 나올 것 같은 고통을 겪으셨던 것 같다.

나도 딸이 중요한 시험을 보러 갈 때마다, "생각이 없더라도 반드시 화장실에 가서 볼 일을 보고 시험장에 들어가라"라고 말하곤 했다. 스스로 생각하기에도 내가 다 큰 딸의 '쉬' 걱정까지 하는 주책없고 극성스러운 엄마로 여겨진다. 하지만 필요한 때가 되면 빠짐없이 그 말을 했다. 심지어는 지방에서 버스 타고 올 때마다 화장실 가라는 말을 한다. 그 말이야말로 경험에서 우러난, 아주 중요한 인생살이 지침을 담은 말이기 때문이다. 그 지침의 핵심은 바로 이것이다. 별것 아닌 것 같아 우리가 종종 무시하는 작은 일이 인생을 좌우할 수 있다는 것, 막을 수 있는 재앙은 최선을 다해 미리미리 막아보자는 것.

해마다 수능일이 다가오면 '수능 대박'이라는 말이 매스

컴에서 쏟아지고 거리에 넘쳐난다. 딸아이가 실제로 수능을 치른 후 나는 수능 대박이 어떤 상태인지 그 의미를 알게 되었다. 수능 대박이란 평소 가진 자기 실력을 그대로 발휘하는 것이다. 우연히 아는 문제들만 줄줄이 나와서, 혹은 멋대로 번호를 찍었는데 다 맞아서 평소 실력보다 훨씬 좋은 점수가 나오는 것이 대박은 아니다. 경험상 그런 일은 거의 일어나지 않는다. 그만큼 결정적인 순간에 자신의 실력을 있는 그대로 발휘하는 것조차 쉽지 않다. 제 실력 발휘를 방해하는 작은, 아니 어쩌면 커다란 요인이 바로 이 '똥 터는' 일이 될 수도 있다.

남편도 '똥 터는' 문제에 전적으로 공감한다. 그는 외출하기 전 항상 화장실에서 긴 시간을 보낸다. 일차 화장실에서 나와 현관에서 신발을 신다가도 뭔가 시원치 않으면 선뜻 발걸음을 떼지 못한다. 또 화장실 가는 것을 마음대로 못 하는 장거리 버스 여행을 부담스러워 한다. 꼭 필요한 여정이 아닐 경우 아예 여행을 포기하기도 한다.

남편만큼은 아니지만 장거리 버스 여행이 부담스러운 것은 나도 마찬가지다. 언젠가 젊은 시절 고속도로에서 사고가 나서 엄청 막혀 있느라 예상 시간보다 휴게소에 늦게 도착해 무척 곤혹스러웠던 적이 있다. 그때의 기억 때문에 버

스 여행이 꺼려진다. ‘큰일’이냐 ‘작은 일’이냐의 차이가 있을 뿐 화장실 문제인 것은 똑같다.

남편은 가끔 아버지처럼 복잡한 일에 마주하면 배가 아파 화장실에 가야 한다고 한다. 이야기하던 상대가 화장실에 다녀오면 그동안 김이 새서, 하려던 말이 쏙 들어가 버리고 만다던 어머니 말씀이 떠오른다. 어쩌다 장인과 사위가 이런 것을 닮게 되었는지. 그런 상황을 내가 갑갑해 하면 남편은 웃으며 말한다.

“그래, 내 안에 ‘떵’ 있다.”

물론 몸 안에 똥을 두고 사는 건 내 남편뿐만은 아니다. 사람이라면, 아니 거의 모든 동물이 다 몸 안에 얼마간의 똥을 담고 살아가고 있다. 그런데 ‘내 안에’ 분명히 들어 있는 똥에 대해서는 더럽다 생각하지 않는다. 그런데 똥이 나오려고 보내는 신호인 방귀부터는 더럽다는 생각이 든다. 뱃속에 들어 있는 것과 밖으로 나오려고 신호를 보내온 것과 어떤 차이가 있을까? 눈에 직접 보이지 않고 구린 냄새가 나지 않아서일까?

방귀라는 가스를 비롯하여 몸 밖에 나와 있는 배설물을 보면 그것이 내 것이든 남의 것이든 정말 질색하며 싫어한다. 어찌 보면 똥이 내 몸 안에 오래 머물고 있는 상황이

더 나쁜 상황일 수도 있는데 말이다. 아무튼 아직 내 안에 지니고 있는, 더러운 줄 알지만 그 더러움이 겉으로 드러나지 않은 것에 대해서 우리는 관대하다.

생각해보면 '내 안에' 머물러 있는 똥에 대해서도 계속 관대할 수는 없다. 나와야 할 때 똥이 나오지 않으면 얼마나 큰 곤욕을 치르게 되는가? 게다가 변비가 있는 사람은 화장실 가서 일 보는 게 커다란 행사이고 숙제로 여겨질 정도이다. 혈압이 높은 사람이 변비에 걸리는 경우 생명에 위협까지 당하게 된다.

사람이 죽으면 똥을 비롯한 육체 내의 모든 불필요한 물질이 저절로 빠져나온다. 항문의 괄약근을 비롯해 우리 몸에 있는 구멍들을 조절하고 있던 근육이 모두 풀려버리는 것이다. 살아 있을 때는 좋다는 음식을 먹고, 약을 먹고, 용을 쓰고 별짓을 다 해도 완전히 빼내기 어려웠던 그 똥까지 목숨이 끊어지면 스르르 흘러나온다.

배설물은 우리가 살아 있을 때 섭취했던 음식물의 찌꺼기이다. 인간이 태어날 때 가지고 나온 것이 아니란 얘기다. 목숨이 끊어진 후 배설물이 흘러나오는 것은 죽은 자의 몸에는 우리 육신 그 자체를 빼고는 아무것도 남겨두어서는 안 된다는, 우리 몸이 다시 자연으로 돌아가려면 태

어날 때 가지고 왔던 것만 지녀야 한다는 점을 증명이라도 하는 것 같다.

죽으면 어차피 저절로 다 빠져나갈 것들, 심지어는 더럽고 독소까지 담고 있을 것들을 왜 살아 있는 동안에는 그렇게 쉽게 내놓지 못하는 걸까? 내 몸의 본능적인 집착이 한번 내 몸에 들어온 것을 쉽게 내놓기를 거부하는 것은 아닐까? 그것이 더러운 똥일지라도 말이다.

일단 몸 밖에 내놓으면 내 것이라도 악취를 풍기고 돌아보기도 싫은 것이 비단 똥뿐일까? 또 다른 더러운 것을 내 몸 안에 지니고 살며 몸을 무겁게 하는 것은 아닐까? 정말로 정말로 악취 나고 더럽지만 한번 생기면 좀처럼 몸 밖에 내보내지 못하는 것이 또 하나 있다. 남의 것을 보면 더럽다고 외면하지만 내 것에는 관대한 것 중 대표적인 하나가 바로 욕심이다. 죽으면 욕심도 자연스레 다 소멸된다. 그런데 살아 있는 동안에는 좀처럼 몸에서 빼내지를 못한다.

변비를 고치지 않고 내버려 두면 큰 병이 된다. 이렇듯 아까운 마음에, 혹은 어쩔 수 없다는 핑계로 몸 안에 더러운 욕심을 담고 살다가는 내 인생에 큰 병을 만들 수도 있다. 모든 죄악은 입에서 나온다지만 죄악을 만드는 말은 욕심에서 나온다. 나의 모든 나쁜 행태는 바로 내 몸속에 있

는 욕심에서 비롯된 것이니 하루라도 빨리 털어내야 하고, 한 시라도 내 몸에 남아 있지 않도록 노력에 또 노력을 되풀이해야 한다.

날마다 아침마다 화장실에 가서 변을 털어내면서 한번씩 성찰해볼 일이다. 내 삶에서 더 털어내야 할 더러운 것이 또 없을까? 그 악취 나는 욕심은 다 털어내고 있는가?

중요한 일을 앞두고 "똥 털고 가라"라는 아버지의 말씀 속에 혹시 욕심도 털어버리고 단지 최선만을 다하라는 뜻도 담겨 있지 않았나 새삼스럽게 생각해본다.

우리 집 문을 열고 들어오시는 분에게

내 아버지 유언장은 돌아가신 지 3년 후에 발견되었다. 어머니가 아버지가 생전에 쓰시던 문갑을 정리하다 뒤늦게 발견하신 것이다. 아버지는 간암이 뇌암으로 전이되어 6개월 정도를 치매 상태에 계시다 돌아가셨다. 그렇다면 유언장은 치매 상태에 들어가기 전에 만일의 경우를 대비하여 써놓으신 것이었다. 어머니와 함께 짐을 정리하던 큰언니의 귀띔에 우리 5남매는 어머니 집에 모였다. 이른바 '유언장 공개'의 자리가 마련된 것이다.

영화 속에서 볼 수 있는 유언장 공개의 자리는 유족들에게 기대와 설렘을 안겨주는 자리이다. 그런 경우 대개의 유

언장은 유산 분배의 내용을 담고 있다. 변호사의 발표에 희비가 엇갈린다. 누구는 예상외의 유산을 받고 누구는 배신감을 느낄 정도로 분배에서 소외된다. 기대와 다른 유산 분배가 갈등의 빌미를 제공한다. 그런 가슴 떨리는 일이 일어나는 곳이 유언장 공개의 자리이다.

어머니 집의 현관문을 열고 들어가자마자 어머니는 대뜸 아버지 흉부터 보시기 시작했다.

"물색없는 영감태기 같으니라고. 어디 재산을 많이 숨겨 놨다는 얘기나 써놓을 것이제, 그것도 아님서 뭣 났다고 이런 쓰잘데기 없는 것을 써 놨을까잉?"

사실 우리 5남매 중 아버지가 재산을 남기셨을 것이라 기대한 사람은 하나도 없었다. 사시던 집 외에는 남은 재산이 없다는 것은 이미 다 알고 있는 사실이었다. 다만 아버지가 유언장이라는 형식까지 빌려 우리에게 남기고자 대비하셨던 말씀이 무엇이었는지 궁금했을 뿐이다.

아버지의 유언은 A4 용지만 한 편지지 석 장에 친필로 적혀 있었다. 돌아가신 아버지가 친필로 쓰신 그렇게 긴 글을 본 적이 없었던 나는 그 문서를 보는 것만으로도 야릇한 기분이 들었다. 유언장에는 우리가 잊지 말고 감사해야 하는 사람들의 이름과 은혜의 내용이 낱낱이 적혀 있었다.

아버지는 당신 살아생전에 어떤 분들에게 금전적으로, 심정적으로 도움을 받았는지 상세하게 적어두셨다.

유언장은 아버지의 자식인 우리도 그분들의 은혜를 잊어서는 안 된다고 새삼 일깨워줬다. 그 내용은 아버지가 미처 다 못 갚은 신세를 우리에게 전가하는 것이 아니었다. 아버지가 은혜를 입었다면 그 은혜의 영향이 우리에게도 미쳤을 것이고 그런 내용을 우리가 모른 척해서는 안 된다는 인간의 도리에 대한 가르침이었다.

어머니의 생각과는 달리 나는 아버지의 유언장이 이 세상에서 가장 값진 유언장이라고 생각한다. 아버지가 당부하신 것처럼 우리 5남매가 그분들의 은혜에 보답할 것인가 말 것인가는 별개의 문제이다. 그보다 중요한 것은 유언장이 우리 아버지가 어떤 인품을 가진 분인지 알 수 있게 해준 살아 있는 자료라는 점이다.

유언장은 대개 스스로 목숨을 끊는 사람들이 쓴다고 생각한다. 또 외국 영화를 보면 웬만한 재산을 가지고 사는 사람은 모두 유언장을 써둔다. 그것도 변호사의 도움까지 받고 공증을 받아서 법적 효력을 갖도록 준비한다. 유언장이 자신에게 유리하게 씌어지도록 가족들이 음모와 술수를 쓰는 경우도 많다. 심한 경우 유언이 빨리 집행되도록

살인을 저지르기도 한다. 물론 그렇게까지 해서 자신들에게 돌아올 재산이 많을 때의 얘기이다.

하지만 유언장이 재산의 분배에만 초점이 맞춰져서는 안 된다. 유언장의 가장 중요한 내용은 자신의 신변에 대한 정리, 자신이 세상을 떠남으로써 다른 사람들이 입을 피해와 상처를 최소화하기 위한 내용이어야 한다.

괴테의 소설 〈젊은 베르테르의 슬픔〉을 보면 베르테르도 권총으로 스스로 목숨을 끊기 전에 유언장을 썼다. 그 내용은 사랑하는 여인 로테로부터 생일 선물로 받은 분홍 리본을 함께 묻어달라는 것이었다. 그런데 유언장에 앞서 그는 이미 세 가지의 주변 정리를 했다. 하인을 시켜 갚아야 하는 돈을 빠짐없이 갚게 하고 빌려줬던 몇 권의 책도 찾아오도록 했다. 또 매주 얼마씩 도와주던 가난한 사람들에게는 두 달치 돈을 한꺼번에 주도록 일렀다. 빌린 돈을 갚는 것이나 도와주던 사람들에게 미리 돈을 보내준 건 이해가 된다. 그런데 빌려준 책은 왜 찾아오라고 했을까? 내 생각에는 상대가 자살한 사람의 물건을 보고 꺼림칙해 할 것을 미리 방지하려 한 것 같다.

나도 유언장 비슷한 것을 써본 적이 있다. 몇 해 전 온 가족이 외국으로 여행을 떠날 때였다. 친정과 시댁에 행선

지를 알리기는 했지만 만일을 대비해서 좀 더 구체적인 서류를 남겨야 할 듯싶었다. 그래서 "우리 집 문을 열고 들어오시는 분에게"로 시작되는 편지를 써서, 현관에 들어서자마자 눈에 띄는 거실 소파에 올려놓았다.

내 편지의 주요 사연도 빚을 갚아달라는 것이었다. 우리 부부의 부채 현황과 함께, 집과 자동차 등을 처분하여 그 부채들을 정리해달라고 썼다. 또 당시에는 학원을 운영하고 있었는데 문 잠긴 학원 앞에서 황당해하지 않도록 미리 연락해달라며 내가 운영하는 학원의 학생들 주소록도 남겼다. 수강 가능한 날짜가 얼마 남았든 낸 수강료는 무조건 전액 환불해주라는 내용도 썼다. 내게 무슨 일이 생기더라도 뒷정리는 깔끔하게 하고 싶어서였다.

그 외에 별다른 사연은 쓰지 않았고 "그동안 감사했습니다. 그럼 안녕!"이라는 인사로 편지를 끝맺었다. 돌아와 내 손으로 그 편지를 다시 펴볼 가능성이 높았지만 그래도 "그동안 감사했습니다"라는 말을 쓸 때 왜 그리 코끝이 맵던지…….

그런데 지금 생각해보니 빚을 갚고 남은 돈을 어디에 어떻게 써달라는 얘기는 안 쓴 것 같다. 그 편지의 내용이 집행될 때는 우리 세 가족이 다 죽어버린 후이니 그 돈이 어

떻게 쓰이든 상관없다는 생각에서였나 보다. 아니 그 문제에 대해서는 고민도 안 하고 편지를 마무리했다. 그만큼 죽음 앞에서는 욕심도 생길 틈이 없나 하는 생각이 든다.

나는 가끔 딸에게 편지를 쓴다. 이제 성년이 된 딸에게 충고를 해주기는 쉽지 않다. 뭔가 얘기를 해주고 싶어 시작한 대화가 언쟁으로 끝나거나 내 뜻이 제대로 전달되지 않는 경우가 많아서이다. 그런데 글로 쓰면 딸에게 해주고 싶은 말이 비교적 조리 있게 정리되고 전달 효과가 커진다.

나는 딸이 앞으로 어떤 자세로 세상을 살아나가야 하는지를 담은 편지를 내주면서 이런 말을 한다. "이 편지들 잘 모아두었다가 엄마가 없더라도 어려운 일이 생겨 조언이 필요할 때는 두고두고 펴보도록 해라"라고……. 편지를 받고 갑자기 숙연해진 딸아이는 나의 충고를 거의 대부분 수용한다. 그러니 나는 이 방법을 애용할 수밖에.

50대라는 나이가 유언장을 논하기에 아직 이른 나이라고 생각할 수도 있다. 하지만 아직 이르다고 생각하기에 만일의 사태는 더욱 급작스럽게 다가온다. 내게 무슨 일이 생겼을 때 최소한의 작별 인사나 감사 인사는 남기고 떠나고 싶다. 특히 가족들에게 사랑했다는 말은 꼭 남기고 싶다. 그리고 내가 없더라도 서로 사랑하고 행복하게 살라는 당

부도 하고 싶다. 또 다른 사람에게 민폐를 남기고 떠나고 싶지 않다. 내가 남긴 문제는 싹 정리하고 떠나고 싶다. 그래서 나는 가족들에게 아직은 공개하지 않을 편지를 쓰곤 한다.

만일의 경우는 언제나, 누구에게나 생길 수 있다. 평소에 가까운 사람들에게 하고 싶은 말을 편지로 써두자. 유언장이라고 거창하게, 또는 민망하게 이름을 붙이지 않아도 된다. 하지만 유언장을 쓰는 기분으로 써야 한다. 그래야 부질없는 욕심을 버릴 수 있고 그 사연은 한층 진솔해지기 때문이다.

하루를 살아도 당당하게

초판 1쇄 발행　2017년 4월 17일
3쇄 발행　2019년 8월 15일

지은이　황인희
펴낸이　이혜경
디자인　고희민

펴낸곳　니케북스
출판등록　2014년 4월 7일 제300-2014-102호
주소　서울시 종로구 새문안로 92 광화문 오피시아 1717호
전화　(02) 735-9515
팩스　(02) 735-9518
전자우편　nikebooks@naver.com
블로그　nikebooks.co.kr
인스타그램　instagram.com/nike_books/

ISBN 978-89-94361-60-4 03810

책값은 뒤표지에 있습니다.
잘못된 책은 구입한 서점에서 바꿔 드립니다.

KB088708